KB242616

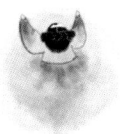

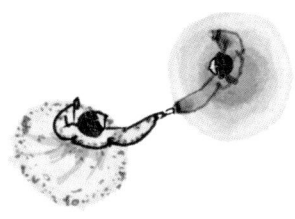

CHUNHYANGJEON
Mono Edition

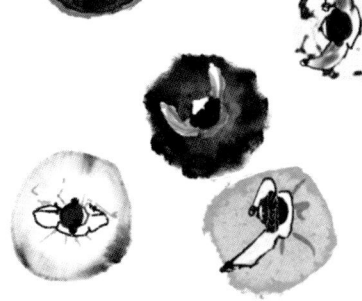

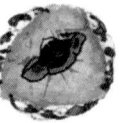

ⓒ 2026 여덟문장. All rights reserved.

이 책의 내용과 디자인은 저작권법에 의해 보호되며, 출판사의 사전 허락 없이 무단으로 전재,
복제, 배포할 수 없습니다.

본 도서의 남원성 이미지에 포함된 문장 및 도입부의 장 제목에는 문화체육관광부에서 제공한
서체인 '궁체 흘림체(MGungHeulim)'가 사용되었습니다.

세계의 언어에 앞서,
오늘의 말로 먼저 세우며

춘향전

모노 에디션

"관가는 문서로 일을 처리하오니
행여 그 약속 저버리거든
훗날의 증표가 되게
내게 불망기 한 장 남겨주소서."

광한루 초여름 바람을 가르며
그네를 뛰던 기생의 딸,
양반가 소년의 고백 앞에
불망기(不忘記)를 요구하던 당돌한 열여섯

당당했다.
스스로 사랑을 선택하고
스스로 약속을 받아내고
스스로 그 약속을 지켰다.

권력이 위협해도
매가 내리쳐도
죽음이 다가와도

당차고 매력적인 한 소녀의
흔들리지 않는 존엄

조선이 세계에 전하는 여성 주체 서사의 원형

남원 성 광한루

| 일러두기 |

1. 본서는 한국 콘텐츠의 원형 서사를 해외 독자에게 소개하는 것을 목적으로 한다.

2. 저본은 프랑스 파리 국립동양언어문화학원(INALCO) 소장 『경판 30장본 춘향전』이며, 차례를 비롯해 괄호 안의 설명과 미주는 역자가 덧붙인 것이다.

3. 한자 표기를 최대한 지양하고 현대어로 풀어쓰는 것을 원칙으로 삼았다. 다만 의미 전달상 불가피한 경우에는 괄호 병기 또는 미주로 처리하였다. 그 과정에서 문장이 지나치게 길거나 흐름이 어색해지는 경우, 이를 분절하여 간결하게 다듬었다.

4. 지문은 독자의 이해를 돕기 위해 정제하였으며, 대사는 원문의 고전적 어투를 최대한 살렸다.

5. 본서는 《조선판 로미오와 줄리엣》 관점에서 열여섯 청춘들의 사랑과 인간의 존엄, 주체적인 여성 서사를 중심으로 해석하였다. 이에 따라 첫 문장은 문맥에 맞게 각색하였으며, '이도령', '신관', '춘향 어미'는 각각 '이몽룡', '변학도', '월매'로 표기하였다.

6. 현재에도 사용되는 지명은 오늘날의 명칭을 따랐고, 사라진 지명은 원문 표기를 유지하였다. '서울', '한양성', '한양' 등으로 혼용된 명칭은 그대로 사용하였음을 밝힌다.

만남

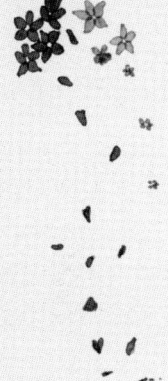

만남

옛날 조선시대, 이씨 성을 가진 양반이 전라도 남원의 부사로 부임했다. 그의 아들 이몽룡은 열여섯 살로, 얼굴은 백옥 같고 풍채는 두목지[1]에다 글솜씨는 이태백[2]에 버금갔다. 늘 책방에 앉아 학업에만 열중하던 차에, 때는 바야흐로 만물이 싹트고 꽃들이 앞다투어 피어나는 춘삼월이라. 초목은 생기가 넘치고, 너구리는 늦둥이를 보고, 두꺼비는 새끼를 치는 바로 그런 시기였다.

몽룡은 봄의 흥취를 이기지 못해 꽃놀이를 가려고 방자를 불렀다.

"네 고을은 구경할 만한 곳으로 어디 어디가 좋으냐?"

방자가 여쭈었다.

"평양에는 부벽루, 해주에는 매월당, 진주에는 촉석루, 강릉에는 경포대, 양양에는 낙산사, 고성에는 삼일포, 통천에는 총석정, 삼척에는 죽서루, 평해에는 월송정, 울진에는 망양정, 간성에는 청간정이 좋다고 하지만, 절경을 꼽으라면 남원 광한루를 따를 곳이 없다고 팔도에서 유명하여, 저희 고을을 작은 강남[3]이라 하나이다."

몽룡이 말했다.

"만일 네 말과 같다면 최고의 강산인가 싶으니, 아무튼 광한루 구경 갈 채비를 하여라."

그는 방자를 앞세우고 탄탄대로를 마음 심(心)자와 갈 지(之)자 걸음으로 여기저기 기웃거리다가, 버들가지 살랑대는 봄바람에 명매기 걸음[4]으로 깡충깡충 걸어 광한루에 다다랐다. 뒷짐 지고 거닐며 경치를 둘러보다 방자를 불렀다.

"악양루, 봉황대 풍광과 황학루, 고소대[5] 경치가 이보다 더할 수 있겠느냐?"

방자 놈이 능청스레 속여 여쭈었다.

"경치가 이러하니, 날씨가 청명하면 구름과 안개가 잦아지고 종종 신선이 내려와 노나이다."

몽룡이 감탄하며 말했다.

"아마도 그럴 것이 분명하다."

마침 이때는 음력 오월 오일 단옷날[6]이라. 이 고을의 기생 춘향이 그네를 타러 가려고 의복을 단장하고 치레하는 중이었다. 아름답고

뽀얀 얼굴에 팔(八)자 모양으로 눈썹을 그리고 분을 바르는데, 하얀

치아와 붉은 입술은 삼색 복숭아꽃 봉오리가 하룻밤 찬 이슬에 반쯤

핀 모습 같았고, 치아 사이로 보이는 잇몸은 하얀 배꽃같이 고왔다.

흑운처럼 흩어진 머리를 반달 모양의 와룡빗으로

부드럽게 빗어 전반[7]처럼 넓게 땋아 폭넓은 자주색

비단 댕기로 맵시 있게 드리웠다.

 흰 모시 깨끼적삼, 고급스러운 보라색 비단

속저고리, 물명주 고쟁이, 백방수화주[8] 너른

바지, 광월사[9] 곁마기[10], 남봉항라[11] 대단치마[12]를 주름 잡아 떨쳐 입

었다. 비단 주머니를 차고, 삼승버선[13]에 자주색 꽃신을 날 출(出)자

모양으로 날렵하게 신었다. 앞에는 민무늬 대비녀, 뒤에는 봉황머리

금비녀를 꽂고, 손에는 옥반지, 귀에는 달 모양 귀걸이를 착용했다.

노리개는 더욱 좋았다. 이궁전 대방전 인물향 또애향을 넣은 향갑이며, 산호수 밀화[14]가지 금사오리[15] 옥장도를 오색 명주실로 꿰어, 양국(兩國)의 장수가 병부[16] 차듯 남북의 병사가 동개[17] 차듯 휘드러지게 찼다.

첩첩산중 길을 따라 기엄둥실 올라가며 꽃을 주룩주룩 훑어다가 맑고 맑은 계곡물에 풍덩 띄워도 보고, 두 손으로 시냇가의 조약돌도 덥석 주워다가 버드나무 사이로 휠휠 던져 꾀꼬리도 날려 보내니, 그 아니 좋은 풍경인가.

더욱 흥에 겨워 깊은 산속으로 점점 들어가, 길게 매어 놓은 그넷줄을 섬섬옥수[18]로 이리저리 갈라 잡고 몸을 날려 올라섰다. 한 번 구르니 앞줄이 높아지고, 두 번 구르니 뒷줄이 높아지고, 점점 높아져 공중으로 솟구쳐서는 흰 버선 신은 두 발로 경쾌하게 늘어진 복숭아

꽃 가지를 툭툭 차서 날리니, 꽃비로다!

뒤에 꽂은 금비녀가 바위 위로

떨어져 쟁그랑쟁그랑 소리를 내니, 그

아니 좋은 풍경인가.

　춘향이 한창 이렇게 노닐 때, 몽룡은 주변을 거닐며 산천을 구경하고 옛 글귀도 음미하였다. 그러다 수풀 사이로 어떤 아름다운 여인이 그네 타는 모습을 문득 보고, 심신이 황홀해져 급히 방자를 불렀다.

　"저 건너 저것이 무엇인고?"

　방자가 되물었다.

　"어디 무엇이 보이시나이까?"

　몽룡은 눈을 떼지 못한 채 말을 이었다.

　"아따, 저기 보이는 것이 무엇인고? 아마도 선녀가 하늘에서 내려

왔나 보구나."

그제야 방자 놈이 여쭈었다.

"봉래산 방장산 영주산 같은 신선이 사는 산이 아닌데, 선녀가 어찌 이곳에 있사오리까?"

몽룡이 거듭 재촉하며 물었다.

"그러면 그 무엇이냐? 금이냐?"

방자가 말했다.

"금은 여수에서 난다고 했는데, 여수가 아닌데 어찌 금이 나겠습니까."

"그러면 옥이냐?"

"옥은 곤강에서 난다[19]고 했는데, 곤강이 아닌데 옥이 어찌 여기 있겠습니까."

"그러하면 무엇인고? 해당화냐?"

"명사십리[20]가 아닌데, 해당화가 어찌 이곳에 있겠습니까."

"그러하면 귀신이냐?"

"북망산[21]이 아닌데, 귀신이 어찌 이곳에 있겠습니까."

몽룡이 역정을 내며 말했다.

"그러면 그 무엇이냐?"

방자 놈이 그제야 사실대로 아뢰었다.

"다른 것이 아니옵고, 본 고을 기생 월매의 딸 춘향이로소이다."

몽룡은 낯빛이 환해지며 무릎을 탁 쳤다.

"얼쑤 좋을시고! 제 본디 창녀라면 구경 한 번 못 할쏘냐? 방자야,

네가 불러오너라."

방자 놈이 잎이 바싹 마른 긴 참나무의 윗동을 찍고 아래를 잘라

거꾸로 짚고는, 탄탄대로의 진 곳 마른 곳을 가리지 않고 이리저리 우

당탕탕 걸어가서 헐떡이며 눈 위로 손을 들었다.

"춘향아! 춘향아!"

방자가 부르자, 춘향이 깜짝 놀라 그네에서 뛰어내리며 물었다.

"그 뉘라서 부르느뇨?"

방자가 말했다.

"큰일 났다! 어서 가자."

바삐 가자 재촉하자, 춘향이 말했다.

"이 몹쓸 아이야! 사람을 그다지 놀라게 하느뇨? 내 추천[鞦韆

(그네)]을 하든지 그네를 뛰든지 무슨 큰일이라고. 춘향이고, 사향이

고, 계향이고, 강진향이고, 침향이고 간에 너더러 도련님께 일러바치

라고 하더냐?"

방자 놈이 말했다.

"추천인지 그넨지 은근한 곳에서 할 것이지, 광한루 가까운 요런 똑 바라진 언덕배기에 매고 뛰라더냐? 사또 자제 도련님이 산천경개[22] 구경코자 광한루에 올랐다가, 수풀 사이로 추천하는 네 모습을 살펴보고 성화같이 불러오라 분부 지엄하니, 아니 가지는 못하리라. 네가 만일 간다면 우리 도련님 물건이 바로 신궁의 활등처럼 반응하시리라. 네 향기로운 말로 초친 나물처럼 흐물거리게 만든 후에 네 항라 속곳 가랑이를 슬쩍궁 빼어다가 돌돌 말아 도련님 왼편 볼기짝에 붙여 놓으면, 남원 것이 다 네 것이 될 것이니 그 아니 좋을쏘냐."

춘향은 어쩔 수 없이 삼단처럼 흩어진 머리를 잘 집어 꽂고, 남봉 항라 대단치마를 섬섬옥수로 거두어 맵시 있게 비껴 안고, 방자 놈을 따라 인적 드문 좁은 길로 들어섰다. 흰 모래 위로 금자라 기듯, 대명전[23] 대들보 위의 명매기걸음으로 행똥행똥 바삐 걸어 계단 아래에 이르러 문안을 아뢰었다. 몽룡은 눈이 풀리고 정신이 황홀해져 두 다리를 잔뜩 꼬고 서서 말했다.

"방자야! 아래에 서 있게 하는 것이 말이 되느냐? 바삐 오르게 하라."

춘향이 마지못해 마루 위로 올라 예를 갖추고 자리에 앉으니, 몽룡이 물었다.

"네 나이 몇이며, 이름이 무엇이냐."

춘향이 아리따운 목소리로 여쭈었다.

"소녀의 나이는 이팔이오, 이름은 춘향이로소이다."

몽룡이 웃으며 말했다.

"이팔(二八)이 십륙(十六)이니 나의 사사십륙(四四十六)과 정동갑[24]

이라. 어찌 반갑지 아니하며 이름이 춘향[春香(봄의 향기)]이라 하니

네 모습이 이름과 같도다. 절묘하고 어여쁘다. 달 아래 핀 매화꽃과

어울린 두루미와 같고, 고목 위에 앉은 부엉이와도 같고, 줄에 앉은

초록제비와도 같도다."

또 물었다.

"네 생일이 어느 땐고?"

춘향이 여쭈었다.

"소녀의 생일은 하(夏)사월 초팔일 자시(子時)로소이다."

몽룡이 말했다.

"사월이라 하니 나와 동년 동월이라 천정배필[25]이거니와, 다만 생일

과 생시가 틀리니 그것이 한이로다."

몽룡이 춘향을 앞에 앉혀 어르는 모습은 마치 홍문연 잔치에서 번

쾌가 항우를 미워하여 머리털이 곤두서고 눈이 찢어지며 큰 칼을 빼들고 검무를 추는 형상이오, 구룡소의 늙은 용이 푸른 바다를 헤치고 나와 여의주를 얻어 쓰다듬는 형상이오, 첩첩산중 늙은 호랑이가 큰 개를 잡아 앞에 놓고 흥에 겨워 어르는 형상이라. 좌불안석하다가 마침내 속내를 드러냈다.

"너를 부른 뜻은 다름이 아니라, 나도 서울에선 삼월 춘풍에 꽃버들 피고 구월 추풍에 황국 필 적에 밤낮으로 하루도 빠짐없이 기생집에 드나들며 좋은 술 마시고 빼어난 기녀들과 가무로 세월을 보냈거니와, 금일 너를 보니 인간 세상의 인물이 아니로다. 정신이 황홀하여 방탕한 마음을 이길 수 없으니, 탁문군[26]의 거문고처럼 월하노인의 붉은 실로 인연 맺어 백년가약을 세세생생으로 누릴까 하여 부름이라."

춘향이 이 말을 듣고 눈을 낮추어 여쭈었다.

"소녀의 몸이 비록 창기의 여식이오나 마음은 북극 천문에 턱을 걸어 남의 첩이 되지 말자 맹세하였사오니, 오늘날 도련님 분부가 이러하시나 이는 봉행하지 못할소이다."

몽룡이 말했다.

"육례[27]는 비록 갖추지 못하나 혼인은 착실한  혼인이 될 것이니 잡말 말고 허락하여라."

춘향이 여쭈었다.

"만일 허락한 후에 사또께서 마침내 바뀌시면 도련님은 서울로 올라가서 지체 높은 집안에 장가들어 부인과 금슬 좋게 세월을 보낼 적에, 나 같은 천한 첩을 생각하리오. 어찌할 도리 없는 제 몸은 개밥의 도토리 신세가 될 것이오니, 아무리 생각하여도 이 말씀은 시행하지 못할소이다."

이에 몽룡이 간곡히 설득했다.

"만일 불행하여 사또께서 서울 관직으로 올라가실 터이면 너를 설마 버리고 가겠느냐. 우리 대부인은 삿갓가마에 모실지라도 너는 쌍교자에 태워 데려갈 것이니 조금도 염려 말라. 양반이 한 입으로 두 말하지 않는 법이니 바삐 허락하여라."

춘향이 그제야 조건을 내세우며 여쭈었다.

"그러할진대 먹 찌꺼기는 삭는 일이 없고 관가에서는 문서로 일을 처리하오니 혹 약속을 저버리는 일이 있으면 훗날 증표로 삼을 수 있도록 불망기(不忘記)[28]를 남겨 주소서."

몽룡은 기쁨을 이기지 못하여 매끈한 종이를 펼쳐 놓고 용벼루에

먹을 갈아 황모필에 흠뻑 묻혀 단숨에 써 내려갔다.

*

"모년 모월 모일 춘향에게 바치는 불망기라. 이 불망기는 우연히

산천을 구경하고자 광한루에 올랐다가 천생배필을 만나 방탕한 마

음을 이기지 못하여 백년가약을 맺기로 약속함이니, 이후 만일 약속

을 어기는 폐가 있거든 이 문서로 관청에다 소송하여 바로잡으라."

*

춘향이 받아 이리 접고 저리 접어 비단 주머니에

넣은 후에 또 여쭈었다.

"발 없는 말이 천 리를 간다고 하오니, 만일 이 말이 새어 나가 사

또께서 아시면 소녀는 속절없이 죽을 터이오니 부디 삼가소서."

몽룡이 말했다.

"사또께서도 소시 적에 시큰둥하셔[29] 기생집으로 다녔는지 모르겠지만, 각 관아 통지기[30] 방으로 방귀 냄새를 무수히 맡으러 다녀[31] 계신지라. 이런 일을 아신들 상관하랴. 부디 염려 말라."

이처럼 담소를 나누다가 춘향을 보며 물었다.

"네 집이 어디뇨?"

춘향이 옥 같은 손을 번쩍 들어 대답했다.

"이 산 너머 저 산 너머, 한 모퉁이 두 모퉁이 지나가면, 대나무밭 깊은 곳 돌아들어 벽오동나무 서 있는 곳이 소녀의 집이로소이다."

사랑

사랑

몽룡은 춘향을 홀연히 보낸 후 책방으로 돌아와 보니, 정신을 가눌 수 없을 정도로 마음이 산란했다. 마지못해 서책을 펼쳐 보았지만, 글귀마다 춘향이요 글자마다 춘향이라. 한 자가 두 자 되고, 한 줄이 두 줄이 되어 모두가 춘향이라. 이렇듯 마음이 달아올라 이 책 저 책 건성건성 읽어 내려갔다.

"하늘 천 땅 지 검을 현 누를 황(『천자문』), 천지 만물 중에 사람이 가장 귀하니(『동몽선습』), 천황씨(天皇氏)는 나무의 덕으로 왕위에 올라 천문으로 역법을 정하고 무위의 도로 세상을 다스린 지 이십삼 년이라(『사략』), 처음 임명하기를, 진(晉)나라의 대부(大夫)인 위사 조적 한건을 제후로 삼았다(『통감』). 원형이정(元亨利貞)은 하늘이 지닌 영원한 법칙이요, 인의예지(仁義禮智)는 사람 성품을 지탱하는 근본이라(『소학』). 큰 학문의 길은 자신의 밝은 덕성을 밝히고, 백성을 새롭게 하며, 지극한 선에 이르는 데 있다(『대학』). 공자 왈, 배우고 때때로 익히면 이 또한 즐겁지 아니한가(『논어』). 맹자가 양혜왕을 뵈었는데, 왕이 말하길, 노인장께서 천 리 길을 멀다 하지 않고 오셨으니, 장차 우리나라를 이롭게 할 방책이 있으십니까(『맹자』). 꾸꾸 우는 물수리가 강가의 모래섬에 있구나. 요조숙녀는 군자의 좋은 배필이로다(『시경』). 이르기를, 옛 것을 상고해보건대, 요임금이 말하길(『서경』), 원(元)하고 형(亨)하고 이(利)하고 정(貞)하니, 크게 길하도다(『주역』)."

몽룡이 읽던 것을 멈추고 말했다.

"이 글을 더는 못 읽겠다. 글자가 다 뒤집혀 보이는구나. 하늘 천 (天)이 큰 대(大)가 되고, 『사략』이 노략이 되고, 『통감』이 곶감이 되고, 『논어』가 붕어가 되고, 『맹자』가 탱자가 되고, 『시전』이 선전(포목 상)이 되고, 『서전』이 닷전(다섯 냥)이 되고, 『주역』이 누역(누더기)이 되어, 보이는 것이 다 춘향이라. 보고 싶다, 너무나도 보고 싶다. 칠 년 큰 가뭄에 빗발 보듯 보고 싶고, 구 년 홍수에 햇빛 보듯 보고 싶고, 달빛 없는 골방에 불을 켠 듯 보고 싶고, 통인 방자 군노 사령 별감 좌수 약정 풍헌이 다 춘향으로 보이고, 온 집안이 다 춘향이라. 이를 어찌하잔 말인고. 보고 싶다, 잠깐이라도 보고 싶도다."

이리 구르고 저리 구르면서, 자신이 소리 내고 있다는 사실조차 깨

닫지 못할 즈음이었다.

동헌[32]에서 사또가 이 소리를 듣고 통인을 불러 분부했다.

"네 바삐 책방에 가서 도련님더러 글은 아니 읽고 무엇을 '보고 싶고' 하는지 자세히 알아 오라."

통인이 책방에 가서 이 말씀을 전하니, 몽룡이 말했다.

"다름이 아니라 글을 읽다가 『시전』 칠월 편을 '보고 싶고' 하더라 여쭈어라."

그리 말하고는 연이어 '보고 싶고' 타령을 하다가 방자를 불러 물었다.

"해가 얼마나 갔느냐?"

방자가 하늘을 가리키며 여쭈었다.

"이제야 해가 중천에 떴나이다."

몽룡이 마음속으로 그리워하며 탄식했다.

'어제는 시간이 누가 뒷덜미를 쳤는지 그리 빨리 가더니, 오늘은 누가 뒤를 잡아 묶었는지 어이 그리 더디 가는고. 해는 마음 씀씀이도 불량하다.'

이윽고 방자 놈이 저녁 밥상을 올리자 몽룡이 말했다.

"밥인지 무엇인지, 해가 얼마나 남았느냐?"

방자가 여쭈었다.

"해가 서쪽으로 지고, 달이 동쪽에서 솟나이다."

몽룡은 사또가 동헌에서 퇴청하기를 기다렸다가, 몸을 숨기고 가만히 성을 넘어 방자 놈을 따라 감돌아 풀돌아 훌쩍 돌아들어 춘향의 집을 찾아갔다.

이때 춘향은 인적이 조용한 때를 틈타 창문을 반쯤 열고, 벽오동 거문고에 새 줄을 얹어 무릎 위에 올려놓고 「대인난」 곡조를 연주하며 노래했다. '당지덩둥 둥지덩동 당슬갱' 이렇듯 노닐 적에, 몽룡이 문밖에서 춘향어미 월매를 불렀다. 월매가 나와 보니 과연 책방 도련님이었다. 그녀는 거짓으로 놀라는 체하며 말했다.

"이 어인 일이뇨. 사또께서 아시면 우리 모녀 다 죽을지니 바삐 돌아가라."

몽룡이 말했다.

"관계치 아니하니 바삐 들어가자."

월매는 겉과는 달리 엉큼한 구석이 있어, 속으로 딴마음을 먹고 '잠깐 다녀가라' 하며 몽룡을 앞세우고 들어갔다. 그때 몽룡이 춘향의 집을 차례로 살펴보았다.

사면 팔작지붕에, 입 구(口)자 모양의 기둥 높은 대문과 안사랑채가 있었고, 안팎 중문과 줄행랑이 즐비했다. 층층이 놓인 벽장과 초헌[33]처럼 높은 다락도 보였다. 대청은 여섯 칸, 안방은 세 칸, 건넌방은 두 칸, 차방은 반 칸, 아궁이방은 한 칸이었다. 대청 앞에는 네 짝의 긴 창살문이 달린 작은 툇마루가 있었고, 기둥과 기둥 사이에 얹은 둥근 나무 단면이 보였다. 추녀 끝에서부터 부챗살처럼 펼쳐져 나가는 서까래, 완자(卍) 모양 창문과 옆으로 여닫는 문이 있었다. 부엌은 세 칸, 광은 네 칸, 마구간은 세 칸으로, 전체적으로 소박하고 정갈했다. 백능화 도배지에 청능화 띠를 두르고, 소란반자[34]에 당유지[35]를 붙였다. 벽에는 서화(書畵)와 입춘서(立春書)가 선명하게 붙어 있었다.

동쪽 벽에는 진나라 처사 도연명이 팽택 현령 벼슬을 마다하고 가을 강에 배를 띄워 청풍명월 아래 내맡기듯 노를 저어 고향 심양으로 향하는 풍경을 그렸고, 서쪽 벽에는 삼국 시대에 세상이 어지러울 때 한나라 왕족 유현덕이 적로마[36]를 바삐 몰아 남양 초가집의 눈보라 속에서 와룡선생(제갈량)을 만나려고 전력을 다해 달리는 형상을 그렸다. 남쪽 벽에는 강태공이 초년 팔십 년 동안 곤궁하여 위수가에 갈대 삿갓을 숙여 쓰고 줄 없는 낚싯대를 물 위에 드리우며 주나라 문왕을 기다리는 풍경을 그렸다. 다시 동쪽 벽에는 육관대사의 제자 성진이 팔선녀를 만나 육환장[37]을 흰 구름 사이에 던지고 합장 배례하는 형상을 그렸고, 해학반도 십장생을 선명하게 그려 횡축으로 붙여 두었다.

부엌문에는 문신호령 가금불상[門神戶靈(문과 신령이 호령하니) 假禽不傷(나쁜 새와 짐승이 해치지 못한다)], 광문에는 개문만복래 소지황금출[開門萬福來(문을 열면 만복이 들고) 掃地黃金出(땅을 쓸면 황금이 나온다)]이란 글귀를 붙였다. 집의 앞뒤 좌우에는 원득삼산불로초 배헌고당백발친[願得三山不老草(삼산의 불로초를 얻어) 拜獻高堂白髮親(백발의 부모님께 바치고 싶다)]과 부모천년수 자손만세영[父母千年壽(부모님은 천수를 누리시고) 子孫萬歲榮(자손은 만세토록 번영하기를)]를, 중문에는 우순풍조 시화세풍[雨順風調(비 오고 바람 부는 것이 순조로워) 時和歲豐(시절이 평화롭고 한 해가 풍요롭다)]을, 대문에는 국태민안 가급인족[國泰民安(나라는 태평하고 백성은 평안하며) 家給人足(집집마다 넉넉하고 사람마다

풍족하다)]글귀와 울지경덕 진숙보[38] 그림을 선명하게 그려 붙였고, 춘

도문전증부귀[春到門前增富貴(봄이 문 앞에 이르니 부귀가 더한다)]라는

글귀는 문 위에 갈라 붙였다.

뒷동산에 정자 짓고, 앞마당에 연당[39]을 둥그스름하게 지어 두고,

돌을 다듬어 면을 맞춰 층층 계단을 쌓아 두었다. 쌍쌍의 비오리와

물수리가 노닐었고, 대접만 한 금붕어는 물 위에 둥실 떠서 이리저리

헤엄쳤다. 갖은 화초가 다 피어 있었는데, 동쪽에는 대설백, 서쪽에는

백학령, 남쪽에는 홍학령, 북쪽에는 금사오죽, 가운데는 황학령이 피

어 있었다. 어여쁜 산국화는 좌우에 벌여 있었고, 노송, 반송, 월사계

와 왜철쭉, 진달래, 맨드라미, 인물 일색 봉선화, 왜석류, 들쭉, 종려,

모란, 작약, 치자, 동백이며 키만 한 파초잎과 춘매, 동매, 분도, 포도,

영산홍과 원추리, 구기자는 흐드러져 굽이굽이 얽혀 있었다.

집안 살림살이를 살펴보면, 쇄금 들미장[40]과 좋은 머리장이며, 자개함롱, 반다지, 왜경대, 가께수리[41]와 계자다리[42] 옷걸이며, 철침[43], 퇴침[44], 벼룻집, 피행담[45]과 쌍룡 그린 빗접걸이[46], 용두머리 장목비[47]며, 청동화로, 전대야[48], 놋촛대, 광명두[49]를 여기저기 벌여 놓았다. 벽 오동 거문고에 새 줄을 얻어 세워놓고, 샛별 같은 요강과 타구[50]를 발치발치 던져두고, 이층장, 삼층탁자, 귀목뒤주[51], 당화기[52]며, 동래기명[53], 실굽달이[54]까지 좌우에 즈렁즈렁 벌여 놓았다.

이때 춘향이 계단 아래로 바삐 내려가 고운 손으로  몽룡의 손을 잡고 방안으로 들어갔다. 자리에 앉은 후에 몽룡이 방치레를 살펴보니, 큰 병풍에는 곽분양의 행락도[55], 중간 병풍에는 왕희지의 난정연[56], 호렵도 곡병[57]까지 둘러치고, 돌돌 말린 봉족자[58]에, 원앙 금침, 잣베개, 자줏빛 처네[59]까지 더욱 좋았다.

춘향이 주안상을 갖추어 은근히 내오니, 갖은 음식이 풍성한지라.

팔모접시[60], 대모반[61]에는 큰 양푼에 갈비찜, 작은 양푼에 제육볶음,

맵시 있는 송편과 먹기 좋은 꿀설기, 보기 좋은 화전 산승 송기 조악

을 예쁘게 쌓아 얹어 놓았다. 푸른 사발, 노란 사발, 배 모양 그릇에

는 깎은 생밤과 납작한 곶감이로다. 큰 전복, 소 염통 산적, 양볶음,

찍찍 푸드덕거리는 싱싱한 꿩고기에, 영계찜까지 곁들여 놓고, 청포도

흑포도 머루 다래 유자 귤 사과 석류 참외 수박 개암 비자 초장 겨자

생청[62]을 틈틈이 끼워 놓았다.

각양각색의 술병을 옆에 놓았는데, 꽃 그림이 그려진 왜화병, 황색

유리병, 푸른 바다 위 거북병, 목 긴 거위병, 이태백의 포도주, 도연명

의 국화주, 마고선녀 천일주, 산중처사 송엽주, 일년주, 계당주, 백화

주, 이강고, 감홍로, 자소주, 황소주를 담았다. 이를 앵무잔에 노자작[63]

으로 가득 부어 몽룡에게 올릴 적에 권주가를 불렀다.

"잡으시오 잡으시오. 이 술 한 잔 잡으시오. 이 술 한 잔 잡으시면 천만 년이라도 사오리이다. 이 술이 술이 아니오라 한무제 승로반[64]에 이슬 받은 것이오니 쓰나 다나 잡으시오. 제 것 두고 못 먹으면 왕장군의 창고[65]로다. 한번 죽고 나면 누가 한 잔 먹자 하리. 살았을 때 이리 노세. 사모하던 우리 낭군 꿈속에서 잠깐 만나 정도 회포도 다 못 풀고 벌써 날이 밝는구나."

몽룡이 술이 반쯤 취하자 춘향에게 온갖 소리를 다해 흥을 돋우라 하니, 춘향이 잡소리[66]를 시작했다.

"초당 뒤에 앉아 우는 소쩍새야. 암놈 적다고 우는 새냐. 수놈 적다고 우는 새냐. 빈 산이 어디 없어 이 객창[67]에 와서 앉아 우느냐. 저 소쩍새야, 빈 산도 많고 많은데 울 데 달라 우느냐."

몽룡은 술을 계속 부어 취하도록 마신 후에 횡설수설 중언부언하

며 온갖 말로 따져 물었다. 그 사이 북두칠성은 이미 서쪽으로 많이

기울어졌다. 춘향이 민망함을 무릅쓰고 말했다.

"이미 달이 지고 밤이 깊었으니 그만 잡시다."

몽룡이 좋다 하고 춘향더러 먼저 벗고

누워라 하니, 춘향은 몽룡더러 먼저 누워

라 하며 서로 실랑이를 벌였다. 몽룡이 말했다.

"내 아무리 취중이나 그저 자기만 하면 재미없으니 글자타령 하

여 보자."

합환주를 부어 서로 마신 후에 몽룡이 글자를 모으기 시작했다.

"우리 둘이 만났으니 만날 봉(逢)자 비점(批點)[68]이오, 우리 둘이

마주 섰으니 좋을 호(好)자 비점이요, 백년가약 이루었으니 즐길 낙

(樂)자 비점이요, 달 밝은 한밤중에 둘이 벗으니 벗을 탈(脫)자 비점이요, 오늘 잠자리 즐거우니 잘 침(寢)자 비점이요, 한 베개를 둘이 베고 누웠으니 누을 와(臥)자 비점이요, 두 몸이 한 몸이 되어 안고 틀어졌으니 안을 포(抱)자 관주(貫珠)[69]요, 두 입이 마주 닿았으니 법 중 려(呂)자 관주요, 네 아래 굽어보니 오목 요(凹)자 관주요, 내 아래 굽어보니 내밀 철(凸)자 관주로다.”

남대문이 개구멍이요, 인경[70]이 매방울이요, 선혜청이 오 푼이요, 호조가 서 푼이요, 하늘이 돈짝만 하고 땅이 맴돌아 돈다. 이렇듯 흥에 겨워 놀 적에 춘향에게 말했다.

“우리 둘이 인연이 지중하여 서로 만났으니 인(人)자 타령 하여 보자.”

몽룡이 먼저 ‘인(人)’자를 모았다.

임하하증견일인(林下何曾見一人)

숲 속에서 어찌 사람을 못 보았는가

월명고루유미인(月明高樓有美人)

달 밝은 높은 누각에 아름다운 여인이 있네

금일번성송고인(今日飜成送故人)

오늘 상황이 바뀌어 옛 친구를 보내네

비립궁중불견인(飛入宮中不見人)

궁중에 날아 들어가니 사람을 볼 수 없네

천리타향봉고인(千里他鄉逢故人)

천리 먼 타향에서 옛 친구를 만나네

양류청청도수인(楊柳靑靑渡水人)

버드나무 푸른데 물을 건너는 사람

불견낙교인(不見洛橋人)

　　　　　낙교에서 사람을 볼 수 없네

풍설야귀인(風雪夜歸人)

　　　　　눈보라 치는 밤에 돌아가는 사람

　귀인, 병인, 걸인, 노인, 소인 등 '인'으로 인연하여 양인(兩人)이 혼인하매 증인(證人)이 되니 즐겁기도 그지없다.

　춘향이 말했다.

　"도련님은 '인'자를 달았으니 소녀는 '년(年)'자를 달아보겠나이다."

　이어서 그녀도 '년'자를 모았다.

　우락중분비백년(憂樂中分非白年)

　　　　　　근심과 즐거움이 반씩 나누니 백년을 못 사는구나

　호기장구오륙년(胡騎長驅五六年)

오랑캐 기병이 오륙 년이나 길게 몰아간다

인로증무갱소년(人老曾無更少年)

늙어서 다시 소년이 되는 일은 없네

상빈명조우일년(霜鬢明朝又一年)

수염에 서리 내리니 내일 아침이며 또 한 해가 가는구나

함양유협다소년(咸陽遊俠多少年)

함양 땅엔 칼과 의를 품은 소년들이 많더라

경세우경년(經歲又經年)

세월이 가고 또 세월이 가는구나

한진부지년(寒盡不知年)

추위가 심하니 세월 가는 줄 모르겠구나

일년, 십년, 백년, 천년, 작년, 금년, 우리 둘이 우연히 인연 맺어 백

년을 약속하니 백년이 적년(適年)[71]이라.

이에 몽룡이 애틋한 마음을 담아 말했다.

"두 사람이 다정하니 천만세를 기약하자. 너는 죽어 새가 되되 난 봉 공작 원앙 비취 앵무 두견 접동새는 다 버리고 한 쌍의 청조[72]라 하는 새가 되고, 나는 죽어 물이 되되 황하수 폭포수 구곡수는 다 버리고 음양수[73]라 하는 물이 되어 주야장천 물에 떠서 둥실둥실 놀자 꾸나. 너는 강원도 회양 김성으로 들어가 오리나무가 되고, 나는 삼사 월 칡넝쿨이 되어, 밑에서 끝까지, 끝에서 밑까지, 나무 끝끝마다 한 곳도 빈틈없이 휘휘 칭칭 감겨서는 평생 풀리지 말자꾸나."

이렇듯 즐기다가 날이 새면 몸을 숨겨 돌아오고, 어두우면 다시 천 방지축 달려가서 놀았다. 매일 아무도 모르게 다닌 지 여러 날이 되 었다.

이별

이별

이때 임금께서 남원 부사가 백성을 사랑하고 잘 다스린다는 말을 들으시고, 품계를 올려 호조 판서를 제수하시어 파견을 명하는 공문을 내리셨다. 남원 부사가 날을 정해 출발하게 되었을 때, 몽룡을 불러 일렀다.

"너는 부녀자들을 모시고 먼저 올라가라."

몽룡이 이 말을 듣자 낙담하여 정신이 아득해져 어찌할 바를 몰라

목이 메어 겨우 대답했다. 안으로 들어가 올라갈 짐을 챙기는 척하고는 곧장 춘향의 집으로 가니, 춘향이 바삐 나와 몽룡의 손을 잡고 목이 메어 울며 두 손으로 가슴을 치면서 말했다.

"이 일이 어인 일인고. 이 설움을 어찌하잔 말인고. 이제는 이별이 절로 될지라. 이별이 평생에 처음이요, 다시 못 볼 임이로다. 이별마다 서러울 것이지만, 살아생전 생이별은 생초목에 붙은 불이로다. 이번 생에 이별이라니, 이별이 원수로다. 남북에 군신 이별, 역로에 형제 이별, 만리에 처자 이별, 이별마다 서럽다 하되, 우리같이 서러운 이별이 또 어디 있을까. 답답한 이 설움을 어이하랴."

몽룡이 두 소매로 얼굴을 싸고 목이 메어 훌쩍훌쩍 울며 춘향에게 말했다.

"울지 마라. 네 울음소리에 장부의 한 치 간장이 굽이굽이 다 끊어

진다. 울지 마라. 평생의 소원이 우리 둘이 죽어 꽃이 되고 나비 되어

이 생의 봄날이 다 저물 때까지 떠나 살지 말자는 것이었는데, 세상에

일이 많고 조물주가 시기하여 오늘 이별을 당하는구나. 허나 이 이별

이 설마 긴 이별이 될쏘냐."

　　춘향이 말했다.

　"도련님이 올라가시면 나의 일신도 아니 가련한가. 누구를 바라고

살란 말인가. 겨울밤과 여름날에 이 설움을 어찌하란 말인가. 도련님,

날 죽이고 올라가오."

　　몽룡이 말했다.

　"사또께서 호조판서를 하지 마시고 바로 이 고을 풍헌[74]이나 하시

면 우리 둘이 이 이별이 없을 것을. 내게는 이런 원수가 없다마는, 울

지 마라. 우리 연분은 청산녹수[75] 같아서 무너지고 끊어질 일이 없을

것이니, 설마 후일 상봉하여 그리던 회포를 못 펴볼까."

이연지심[76]을 차곡차곡 담고 마지못하여 이별할 때, 눈물을 금할 수 없었다. 몽룡이 비단주머니를 열고 면경[77]을 꺼내어 춘향에게 주며 말했다.

"장부의 떳떳한 마음이 이 면경과 같을지라. 수백 년이 지나가도 변치 않으리라."

춘향이 말했다.

"도련님이 이제 가면 언제나 오시려오. 절로 죽은 고목에 꽃이 피거든 오시려오. 병풍에 그린 황계 수탉이 긴 목을 휘었다가 두 날개를 땅땅 치고 꼬끼오 울거든 오시려오. 금강산 상상봉이 평지가 되어 물이 밀려와 배가 둥둥 뜨거든 오시려오."

그녀도 손에 끼고 있던 옥지환을 벗어 몽룡에게 건넸다.

"계집의 높은 절개, 이 옥지환과 같을지라. 진흙 속의 천만 년이 지나간들 옥빛이야 변할쏘냐."

몽룡이 말했다.

"우리 만날 날이 속히 올 것이니 부디부디 잘 있거라."

차마 발길이 떨어지지 않아, 노래 하나를 지어 불러주었다.

"잘 있거라. 잘 다녀오마. 잘 있거라. 간들 아주 가며 아주 간들 잊을쏘냐. 잠 깨어 곁에 없으니 그것을 슬퍼하노라."

춘향이 글을 보고 화답하며 애절함을 감추지 못했다.

"간다고 슬퍼 마오. 보내는 내 마음도 있소. 산이 첩첩하고 물이 중중한데 부디 평안히 가오. 가다가 긴 한숨이 나거든 나인 줄 아오."

십 리 밖까지 따라 나와 몽룡을 전송할 때 춘향이 말했다.

"떠나는 회포는 측량할 수 없지만은 나 같은 천한 첩은 잊으시고,

서울 올라가서 학업이나 힘써 입신양명하여 부모께 영화를 보이고,

부디부디 나를 얼른 찾아오시오. 머리 위에 손을 얹고 기다리이다."

몽룡 또한 같은 마음이었다.

"그런 말이야 어찌 다 말로 하리. 부디부디 신의를 지켜 내가 오기

를 고대하라."

그가 마지못해 말에 올라 서울로 향할 때, 돌아보고 또 돌아보

니 한 산 넘어 오 리가 되고 한 물 건너 십 리가 되었다. 춘향의 모습

이 점점 묘연해지니, 할 수 없이 근심과 한숨을 벗 삼아 올라가니라.

춘향은 몽룡을 보내면서 눈물을 이리 씻고 저리 씻다가, 북쪽 하

늘을 바라보니 그는 이미 멀어졌는지라. 아무리 해도 어쩔 수 없어 집

에 돌아와서 의복 단장 전폐하고, 규방창문 굳게 닫고 무정한 세월

을 속절없이 보내었다.

수청 거북

수청 거부

이때 구관은 올라가고 신관 변학도가 임금께 감사 인사를 하고 집으

로 돌아왔다. 새로 부임할 곳 아전[78]들의 인사를 받은 후에 이방을 불

러 분부할 즈음에 춘향의 이름을 잊고 물었다.

"네 고을에 의양이[79]가 있느냐?"

이방이 아뢰었다.

"소인 고을에 의양은 없사와도 염소는 한 스무 마리가 있나이다."

변학도가 말했다.

"아따, 이놈아, 기생 의양이가 있느냐?"

이방이 그제야 알아듣고 여쭈었다.

"기생 춘향이 있사오되, 이름이 기생 명부에는 없나이다."

변학도가 이 말을 듣고 놀라 책상을 바싹 당겨 앉으며 말했다.

"이 말이 어인 말이냐?"

이방이 여쭈었다.

"다름이 아니오라, 구관사또 자제 도련님과 서로 언약한 후, 대비 정속[80]하고 지금 수절하고 있나이다."

변학도는 황당함을 감추지 못하였다.

"이 무슨 말인고? 어린 자식들이 작첩[81]이라니 말이 되는 말이냐? 일단 물렀거라."

이에 곧장 행차 준비를 하고 떠났다.

남대문을 바삐 나서서, 칠패 팔패 청파 돌모로(이태원 부근) 동작리를 얼핏 지나 신수원(수원성)에서 유숙하고, 상유천 하유천 죽밭 오산을 지나, 진위 읍내에서 점심을 먹고, 칠원 소사 성환 빗트리(천안 내)를 지나 천안 삼거리에서 잠을 자고, 김제역을 바삐 지나, 덕평 인제원 광정 모로원 너머 공주 감영에서 점심을 먹고, 널티 경천을 지나 노성에서 잠을 자고, 은진 닥다리(논산) 여산 능개울 삼례를 지나, 전주에 들어와 점심을 먹고, 노고바위 임실을 얼핏 지나, 남원 오리정에 마침내 다다랐다.

이에 고을 관속들이 위엄 있는 의례를 갖추어 영접[82]하는데, 청도기 한 쌍, 홍문기 한 쌍, 남동쪽과 남서쪽에 배치한 주작기 한 쌍, 남쪽엔 홍초기 한 쌍, 중앙엔 황문기 한 쌍, 순시기 한 쌍, 백문기 흑문

기 각 한 쌍, 금고 한 쌍, 호총 한 쌍, 바라 한 쌍, 피리 한 쌍, 날라리 두 쌍, 나발 두 쌍, 곤장 한 쌍, 영기 열 쌍, 왼쪽에는 관이전, 오른쪽에는 영전을 앞세우고, 난후별대와 모든 집사들에 장교들까지 좌우로 도열해 있었다. 아이 기생은 녹색 저고리에 붉은 치마를 입고, 어른 기생은 전립을 쓰고, 늙은 기생이 인솔하였다. 모든 관속이 행차를 따르니 의식의 격식이 매우 엄숙했지만, 신관 변학도의 속마음은 오매불망 춘향뿐이었다.

관아에 도착한 후 환곡[83]과 전결[84] 처리할 것은 묻지도 않고, 우선 기생 점고[85]하려고 기생 명부를 앞에 놓고 차례로 호명하였다. 채련이, 홍년이, 봉월이, 추월이 등이 다 나왔는데, 춘향의 이름이 없었다. 이방을 불러 물었다.

"춘향의 이름이 명부에 없으니 그 어이 일인고?"

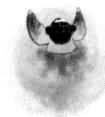

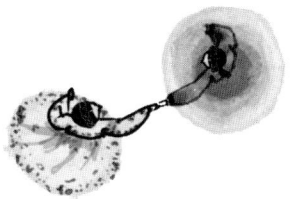

이방이 대답했다.

"춘향이 대비정속 후 지금 수절하고 있나이다."

변학도가 어이없다는 듯 말했다.

"제까짓 게 수절이 어이 있으리오. 바삐 잡아들이라."

군노, 사령 등이 우드덩 퉁탕 바삐 가서 대문을 발로 차며 춘향을 불렀다. 춘향이 크게 놀라 나와서 곡절을 물으니, 잡으러 온 관차[86]였다. 춘향이 울며 어미를 불러 우선 주안[87]을 차려다가 먹인 후에 돈 닷 냥을 쥐어 주며 말했다.

"이것이 약소하나 사양치 말고 술값이나 하라."

군노 등이 사양하는 척하다가 받으며 말했다.

"우리는 곤장을 맞아도 입 다물고 있을 것이니 염려 말라."

그들이 돌아가서 관아에 아뢰었다.

"춘향이가 서너 달 병이 들어 목숨이 경각에 달려 있어, 잡아 대령하지 못하였나이다."

변학도가 크게 화를 내며 갔던 사령을 엄히 곤장을 쳐 하옥하라 하고, 장차[88]에게 분부하여 잡아오라고 명령했다.

"만일 더딘 폐단이 있으면 크게 고생하리라."

누구의 명이라고 거스를 수 있겠는가. 모든 장차들이 나가 춘향의 집에 가서 말했다.

"너로 인하여 다른 사람들까지 다 죽겠으니, 인정 봐줄 길이 없는지라."

바삐 가자고 재촉하니, 춘향이 울며 말했다.

"여러 오라버니들 들어 보오. 제 잘못이 무엇인지 모르겠으나, 죄 있고 없음도 따지지 않고 성화같이 잡아 오라 하니 내 무슨 죄가 있단 말이오?"

차사[89] 등이 말했다.

"네 모습이 비록 한없이 가련하나 우린들 어찌하리. 쓸데없는 일 마라. 바삐 가는 것 외엔 다른 방도가 없으리라."

춘향이 어찌할 도리가 없어 머리를 싸매고 낡은 저고리에 몽당치마를 둘러 입고, 헌 짚신을 끌고 죽으러 가는 듯한 걸음으로 내내 울면서 관아에 이르렀다.

변학도가 춘향을 마주하자 벽력같은 소리로 호령하였다.

"잡아들이라."

계단 아래에 서 있던 나졸들이 일시에 내달아, 춘향의 머리를 비단 가게 장사치가 통비단 감듯, 잡화가게 장사치가 연줄 감듯, 사공놈이 닻줄 감듯, 휘휘 감아쥐고 동댕이쳐 잡아들였다.

변학도는 춘향을 한 번 보고, 숨을 삼키며 마음속으로 생각했다.

'형산의 백옥이 진토에 묻힌 형상과도 같고, 밝은 달이 떼구름 속에 숨은 형상과도 같으니, 더욱 수수하구나!'

아주 감탄하며 침을 줄줄 흘렸다. 곧이어 옆에 있던 낭청[90]을 돌아보며 들뜬 목소리로 말했다.

"소문대로구나, 그렇지 않은가."

그 낭청은 이현령비현령[91] 하며 변학도 비위만 맞추기에 바빴다.

변학도가 애써 근엄한 목소리로 분부했다.

"네가 본읍 기생으로 신관이 부임해도 인사 오지 않은 것이 잘한 짓이냐?"

춘향이 아뢰었다.

"소녀는 구관 사또 자제 도련님을 모신 후에 대비정속하온 고로, 대령하지 아니하였나이다."

그러자 변학도가 노기를 띠며 강압적으로 다그쳤다.

"괴이하다! 너 같은 노류장화(路柳墻花)[92]가 수절이란 게 말이 되
느냐. 네가 수절하면 우리 마누라는 기절할까! 요망한 말 말고 오늘
부터 당장 수청[93]을 들어라!"

춘향이 한 치의 망설임도 없이 여쭈었다.

"만 번 죽사와도 이는 봉행치 못할소이다."

변학도는 조바심이 달아올라 옥박질렀다.

"네 잡말 말고 분부대로 거행하여라!"

춘향이 그의 눈을 똑바로 응시하며 여쭈었다.

"옛말에 충신은 불사이군(不事二君)[94]이오, 열녀는 불경이부(不更
二夫)[95]라 하오니, 사또께서는 응당 아실지라. 만일 국운이 불행하여

어려운 때를 당하오면, 사또께서는 적들에게 무릎을 꿇으시리이까?"

변학도가 이 말을 듣고 대노하여 불에 덴 소가 강변에서 날뛰듯 발광하며, 춘향을 빨리 형추[96]하라 악을 썼다. 나졸들이 달려들어 춘향을 결박하여 형틀에 앉히자, 형방(刑房)이 판결 내용을 읽어 내려갔다.

"살등[97], 네 몸은 본래 마음대로 다루어도 되는 천한 기생임에도 불구하고 수절이니 기절이니 이 무슨 구차한 곡절이며, 또한 신관 부임 초장부터 관아에서 발악하며 본관 사또를 능욕하니 죽어 마땅함이라. 죄가 만 번 죽어도 타당한 바, 우선 엄한 형벌로 중히 다스린다는 게 판결 내용이라."

곧장 집장[98]에게 분부하여 '매우 치라!' 하는 소리에 춘향의 간장이 봄눈 녹듯 녹아내렸다. 군노들이 주장[99], 곤장, 도리깨를 다 벌여

놓고, 그 중 곤장을 눈높이까지 치켜들어 구령 소리에 맞추어 한 번

후려치니, 마치 마른 하늘에 천둥번개 소리 같았다. 변학도가 득의만

면(得意滿面)하여 말했다.

"이제도 분부를 거역할쏘냐?"

춘향이 눈물이 그렁한 채 여쭈었다.

"사또께서 이러지 마시고 용천검[100]이나 태아검[101]으로 내 몸을 잘

라내어, 아래 토막은 저미거나 오리거나 굽거나 지지거나 갖은 양념

에 주무르거나 하고 싶은 대로 하시고, 목은 한양성으로 보내 주시

길 바라나이다."

급기야 변학도가 미쳐 날뛰며 악담을 퍼부었다.

"저년! 요악한 년!! 한 매에 승복하게 매우 치라!!!"

이에 집장이 곤장을 다잡고 한 번 치고 두 번 치니, 춘향의 백옥 같

은 다리에서 선혈이 뿜어져 나왔다. 보는 이 중 어느 누가 가련히 여기지 않았겠는가. 열 대를 넘어 삼십 대에 이르자, 춘향은 완전히 인사불성이 되어 죽은 사람처럼 보였다. 변학도가 그제야 분이 풀린 듯 명령했다.

"하옥하라."

옥사쟁이가 춘향을 앞세우고 데리고 나갈 때, 춘향이 대성통곡하며 말했다.

"내가 삼강오상[102]을 몰랐던가. 나라 곡식을 훔쳐 먹었던가. 형벌한 차례 받은 것도 지극히 억울한데, 또 목에 칼 씌우고 발에 쇠사슬 채워 가두는 것은 무슨 일인고. 우리 도련님 한 번만 보고 죽는다면 여한이 없으련만, 이같이 온몸이 부서져 죽게 되었으니 이런 극통[103]한 일이 또 있겠는가."

월매가 따라가며 말했다.

"네 수절이 무엇이니? 허약한 몸에 중한 형벌을 당하니 불쌍도 하지만은 도리어 괘씸하도다. 내 말대로 수청을 들었던들 이 지경이 될 리 없고 온 고을의 권세를 모두 쥐어 남원 것이 다 네 것이 될 것이거늘, 네게 수절이란 게 대체 무엇인고? 너를 무남독녀로 금옥같이 길렀거늘, 이 꼴을 보니 어찌 애닯지 아니리오."

모녀가 서로 원망하며 따질 즈음이었다.

남원 한량들이 춘향의 소문을 듣고, 여숙이 군평이 태평이 군빈이 사빈이 어중이 떠중이 칠풍헌 안약정 등등이 모두 와서 춘향의 처참한 모습을 보았다. 어떤 이는 울기도 하고, 어떤 이는 위로도 하며, 어떤 이는 청심환도 풀어 넣는가 하면, 어떤 이는 동변[104]도 먹이고, 어떤 이는 생강사탕이나 귤병[105] 같은 것들도 권하며 한바탕 떠들썩하게 재잘대었다. 이어서 무숙이는 춘향을 업고, 군평이는 부채질하고, 떠중이는 칼머리를 받들고, 태평이 군빈이 등은 좌우로 옹위하여 멀지 않은 옥문까지 천신만고 끝에 다다랐는데, 창황분주[106]하는 그 모양새가 가히 볼만하였다.

춘향이 한량들을 보낸 후 눈물을 흘리며 탄식하여 말했다.

"날이 가고 달이 갈수록 깊어지는 나의 설움을 어찌할꼬. 옛날 어진 성현인 주나라 문왕도 유리옥[107]에 갇혔다가 고국으로 돌아가셨고, 절개 높은 충신인 중랑장도 철옹성[108]에 갇혔다가 고향으로 돌아왔으니, 이런 일을 볼작시면 나도 언젠가 옥중을 벗어나 우리 도련님을 만나볼까."

춘향이 거적자리에 칼머리[109]를 베고 누워 정신이 혼미해질 무렵, 월매가 미음을 가져와 애타게 불렀다.

"춘향아. 죽었느냐 살았느냐, 어찌 음성이 없느냐. 이를 어찌하잔 말인고."

월매가 대성통곡하는 소리에 춘향이 놀라 정신을 차렸다. 어미가 미음을 권하자, 춘향이 고개를 저으며 말했다.

"용미봉탕 팔진미라도 먹기 싫은지라. 아무래도 도련님을 다시 못 보고 죽겠으니, 이 한스러운 마음을 어찌하리오. 내 병은 편작[110] 같은 명의라도 고칠 수 없는지라. 만일 죽거든, 육진[111]에서 나는 긴 베로 열두 번 꽁꽁 동여 아무 명산대천[112]에나 묻지 말고 한양으로 올려 보내어 도련님 다니는 길에 묻어주어 도련님 왕래 시에 목소리나 듣게 하여 주오."

월매가 애끓는 심정으로 타일렀다.

"이것이 무슨 말인고? 부모 된 도리로 너를 낳고 기를 때 진자리 마른자리 가려 눕히고 쥐면 꺼질까 불면 날아갈까 하며 고이 길러내었더니, 이제 원수 같은 몹쓸 놈을 철석같이 믿고, 수절인지 정절인지 하다가 이 형벌을 받으니, 그 어찌 원통치 않으리오. 너도 마음을 돌려 생각하여 어미 간장을 태우지 말고 수청을 들면 그 아니 기쁠쏘냐."

춘향이 단호하게 말했다.

"모친은 이런 말 두 번 다시 마오. 어느 하늘에 비가 올지 눈이 올지 사람의 일은 모르나니, 죽을지언정 내 마음은 하늘과 땅처럼 변치 않을지라. 모친은 부질없는 염려 말고 집에 돌아가라."

옥살이

옥살이

이럭저럭 여러 달이 지났다. 춘향은 옥중에서 깊은 한숨과 탄식을 벗

삼아 세월을 헛되이 보내고 있었다. 하루는 비몽사몽 간에 천하를 유

람하다가 집에 돌아오니, 방문 위엔 허수아비가 달려 있고, 뜰엔 앵두

꽃이 떨어져 있고, 늘 보던 몸거울은 한복판이 깨져 있었다. 깜짝 놀

라 깨어보니 이 모든 것이 한바탕 꿈이라. 춘향이 생각하였다.

　'이 꿈이 괴이하다. 화서몽[113], 칠원몽[114]에 남양초당 큰 꿈[115]인가. 이

것이 무슨 일인고? 내가 죽을 꿈이로다. 죽기는 서럽지 않거니와 도련

님을 다시 못 보고 죽으면 눈을 감지 못하리라.'

마음이 심란하여 한탄할 즈음에, 건넛마을

허봉사라는 판수(判數)[116]가 마침 지나가는 걸

보고, 옥졸에게 그를 불러달라 하였다. 죄수

춘향이 부른다 하니, 허봉사가 옥길로 찾아 들었다.

길에 풀이 가득하여 옷을 거두어 안고는 눈을 희번덕이며, 코를 찡

긋거리고 막대기를 휘저으며, 입으로는 휘파람을 불며 오다가, 쇠똥

에 미끄러져 개통 위로 넘어져 손을 짚고는, 혼잣말로 중얼거렸다.

"이리 미끄러우니, 쇠똥이로고."

이내 손을 털어내다가 옥담 모퉁이에 부딪히자, 아픔을 견디지 못

해 얼른 손을 입에 넣으니 어찌 우스꽝스럽지 않겠는가.

옥문을 더듬어 겨우 찾아가니, 춘향이 들어오라고 하였다. 봉사가 들어가 앉으며 말했다.

"네 일이야 할 말 없다. 매 맞은 상처나 만져 보자."

이에 춘향이 두 다리를 끌러서 보라 하니, 판수 놈이 음흉하여 상처는 만져보지 아니하고 두 손으로 종아리부터 처만지며 말했다.

"아뿔싸, 몹시 쳤구나. 네가 제 원수런가? 김패두[117]가 치더냐? 이패두가 치더냐? 똑바로 일러라. 내게 굿날 받으러 오거든, 죽을 날을 골라 줄 것이니, 그 치욕은 내가 갚아 주마."

이리 만지고 저리 만지며 점점 들어가다가 마침내 두 다리 사이 은밀한 곳을 범했다. 춘향이 분을 참지 못하여 바로 뺨을 치려다가, 점을 제대로 봐주지 않을까 염려하여 도리어 부드럽게 달래듯 말했다.

"봉사님, 생각해 보오. 우리 부친과 좋은 벗으로 지내셨는데, 내 운수가 불행하여 부친께서 먼저 돌아가셨으니, 봉사님은 곧 부친과 다름이 없는지라. 상스럽게 그러지 마시고 점이나 잘 하여 주오."

판수 놈이 말귀를 알아듣고 어수룩한 척 대답했다.

"네 말이 옳다. 우리 사이가 대대로 교분이 있을 뿐 아니라, 네 아주머니 뻘 되는 이가 우리 동네 이서방 팔촌 형의 외손녀요. 어찌하면 복상칠촌[118]이 될 법하니라."

춘향이 알아듣고 다시 말했다.

"봉사님을 부모로 아니, 점이나 잘 하여 주오."

그러고는 석 돈을 쥐어 주니, 판수가 사양하는 척 왼손으로 받으면서 말했다.

"우리 사이에 복채 없어도 상관할쏘냐. 꿈 이야기나 자세히 이르라."

춘향이 꿈의 시작과 끝을 다 말하니, 봉사가 그제야 산통[119]을 높

이 들어 축문을 외웠다.

"천하언재아 고지즉응 하시나니 신기영의여시든 감이수통 하소서[120].

모년 모월 모일에 조선국 팔도 삼백육십 주 가운데 전라도 남원부 아

무 면에 사는, 남자 아무개 몇 년생과 여자 아무개 몇 년생, 두 분 부

부의 금년 신수 길흉 여부와 모일 야간 꿈사가 여차여차 하옵기로 삼

가 점을 쳐서 신의 뜻을 묻고자 하오니, 복희 소강절 주소공 곽박 이

순풍 제갈공명 홍계관[121] 등 제위 선생께서는 현재 상황에 맞추어 괘

를 풀이하시어 길흉을 판단해 주소서."

봉사가 점괘를 풀이하여 말했다.

"화락(花落)하니 능성실(能成實)이요, 경파(鏡破)하니 기무성(豈無聲)인가? 문상(門上)에 현혜리(懸稽俚) 하니, 만인(萬人)이 개앙시(皆仰視)라. 이 글의 뜻은 '꽃이 떨어지니 능히 열매를 맺을 것이요, 거울이 깨지니 어찌 소리가 없겠으며, 문 위에 허수아비를 달았으니 만백성이 우러러보리로다.' 함이니, 이는 반드시 이몽룡이 과거에 급제하여 곧 만날 점괘라."

춘향이 믿기지 않는 얼굴로 말했다.

"어찌 그렇게 되기를 바라리오."

봉사가 호언장담하듯 말했다.

"옷고름을 맺고 내기해도 좋으니, 조금도 염려 말고 그 사이 잘 있으라."

그가 나간 뒤, 춘향이 생각했다.

'만일 이 점괘대로라면 그런 즐거운 일이 어디 있으리오.'

이렇듯 춘향은 밤낮으로 번뇌하였다.

한편 이몽룡은 서울로 올라가 밤낮으로 학업에 매진하고 있었다.

세상 일을 모두 끊고, 상투를 묶어 대들보에 매달고, 송곳으로 다리

를 찌르며, 침을 뱉어 손에 쥐고, 책상을 당겨 놓고 공부를 지성으로

할 때에, 천자문 유합 동몽선습 사서삼경과 백가서를 달통하여, 유

종원 백낙천 두자미[122]를 능가하였으니, 어찌 당나라 시절의 명문장

가들과 다르겠는가.

이때는 시절이 화평하고 해마다 풍년인데다가 비와 바람이 순조

로워 번화한 거리마다 백성들이 격양가[123]로 태평성대를 노래하였다.

조정에서는 어진 선비를 선발하고자 태평과[124]를 열었다.

몽룡이 종이를 둘러메고 과거장에 들어가 시제가 쓰인 판을 보니 '강구문동요(江口聞童謠)[125]'라 적혀 있었다. 종이를 펼쳐 놓고 용벼루에 먹을 갈아 황모필에 묻혀 일필휘지로 써 내려가니, 한 점의 흠도 없는 완벽한 답안이었다. 가장 먼저 답안을 제출하니, 시험관이 받아 보고 문장과 글씨가 흠잡을 데 없음에 감탄하였다. 구절마다 잘 되었다는 표식이 달리고 글자마다 좋다는 점이 찍혀 최고 등급으로 매겨져 장원급제에 이르렀다.

이름을 크게 부르니 이몽룡이 바삐 걸어 옥계[126]로 나아가 임금의 은혜에 네 번 절을 올리고 물러나왔다. 머리에는 어사화를 쓰고, 몸에는 청삼을 두르고, 허리에는 야대를 차고, 왼손에는 옥홀[127]을 쥐고, 오른손에는 홍패[128]를 든 모습이라.

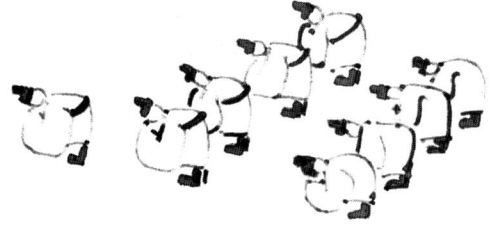

장악원의 풍악이 앞길을 인도하고, 금안장을 지운 백마에 비스듬히 앉은 몽룡이 큰길로 나아갔다. 여기저기서 선달[129]이다 환호를 받으며, 곳곳을 진퇴[130]하며 신래(新來)[131]를 올렸다. 집에서 사흘을 보낸 뒤 조상 산소에 성묘하고 돌아와서 옥계에 나아가 숙배[132]를 올리니, 임금께서 하교하셨다.

"네 아비는 나라의 기둥이 되는 신하라. 오늘 네 용모와 문필을 보니 어찌 아름답지 아니하리오."

이렇듯 흡족해하시며 소원을 물으시니, 이몽룡이 아뢰었다.

"천하가 태평하오매 구중궁궐이 깊고 깊어 백성의 질고(疾苦)[133]를 살피지 못하오실지라. 신이 각 도를 순행하여 수령의 선악과 백성의 우락(憂樂)[134]을 염탐하고 성상[135]의 교화를 펴고자 하는 것이 원이로소이다."

임금께서 들으시고 말씀하셨다.

"네 말에 임금을 사랑하는 마음이 절절하니, 나의 수족 같은 신하로다."

크게 기뻐하시며 즉시 그에게 삼남[136] 도어사[137]를 제수하셨다.

어사로 임명된 몽룡은 즉시 하직하고 물러나 행차를 준비했다. 마패를 고두리뼈[138]에 차고, 역졸[139]과 약속하여 먼저 가서 탐문하게 하고, 행색을 꾸미었다. 칠 푼짜리 헌 파립[140]과 편자[141] 터진 헌 망건에 박 쪼가리 관자[142] 달아 물렛줄로 당끈 매고, 헌 도포에 오 푼짜리 무명 끈으로 가슴에 진득이 둘러 띠고, 칡넝쿨 미투리를 끈으로 어깨에 걸쳐 매고, 살이 너덜한 부채로 얼굴을 가리고, 버선목 주머니에 그을린 담배 돌통대[143]까지 갖추니 제법이라.

몽룡은 조용히 숭례문 밖으로 내달렸다. 칠패 팔패 돌아 백사장 있는 동작나루를 바삐 건너 승방들과 남태령을 급히 넘어, 과천 인덕원 평촌 의왕 참나무정이(수원 북쪽)를 얼른 지나, 진위 칠원 소사 성환 비토리 천안삼거리 진개역[144]을 급히 지나, 덕평 원터 인제원 광정 활원 몰원 새술막(공주 북쪽)을 지나, 공주 금강을 얼른 건너, 논산 가는 길목의 널티 경천 노성을 지나, 은진닥다리 익산 능기울 완주 삼례읍을 지나, 전주성 안으로 조용히 들어가 여기저기 염탐하고는, 노고바위 임실에 다다랐다.

　이때는 춘삼월 호시절이었다. 한 곳을 바라보니, 먼 산은 겹겹이고, 가까운 산은 첩첩이요, 태산은 막막하고, 기암은 층층이고, 장송은 늘어지고, 강물은 잔잔하고, 비오리는 둥둥 떠다니고, 두견새와 접동새는 좌우를 넘나들며 노는지라. 굶주린 산따오기는 이 산으로 가며

따옥, 저 산으로 가며 따옥 울음 우는데, 또 한 편 바라보니 쑥꾹새

(뻐꾸기)는 저 산으로 가며 쑥꾹, 이 산으로 가며 쑥꾹 울음 울고, 또

한 편을 바라보니 마이산 갈까마귀는 돌도 차돌도 아무 것도 전혀 못

얻어먹고 태백산 기슭에서 이렇듯 울음 울었다. 또 한 곳 바라보니

층암절벽 사이에 홀로 우뚝 선 고목나무가 있었으니, 겉은 벌레 먹고

좀 먹어도 속은 아무 것도 없이 아주 텅 비었는데, 부리 뾰족하고 허

리 질룩하고 꽁지 뭉뚝한 딱따구리의 거동을 보라. 한아름 되는 나무

를 덥석 안고 툭두덕 꾸벅거리며 툭두덕 꾸벅 두드리는 소리를 내니,

그 아니 좋은 풍경인가.

   또 한 곳 바라보니, 각색 초목이 무성했다. 천도목 지도목 백자목

행자목 회양목에 늘어진 장송, 부러진 고목, 넓적한 떡갈나무, 산유자

나무 검팽나무 느릅나무 박달나무 능수버들까지, 한 가지는 늘어지

고 두 가지는 펑퍼지고, 휘어 늘어져 굽이굽이 층층 뻗치었다. 또한 십

리 안의 오리나무, 오 리 밖의 십리나무, 마주 섰다 은행나무, 임 그린

다 상사나무, 입 맞추자 쪽나무, 방귀 뀌어 뽕나무, 한 다리 절룩절룩

전나무, 두 다리로 들메나무, 하인 불러 상놈나무, 양반 되어 귀목나

무, 부처님 전의 공양나무로다.

구경을 다 한 후에 또 한 모퉁이를 돌아가니, 높은 밭과 낮은 밭에

서 농부들이 밭을 갈고 씨를 심으며 격양가를 부르고 있었다.

"교화 이룬 태평시대, 넓은 평야 농부네야. 신분 숨기고 미복으로 돌

아다니며 동요 듣던 요임금의 버금 아닌가. 얼널널 상사디야. 배불리 먹

고 배 두드리는 우리 농부, 만세토록 즐거워라. 얼널널 상사디야. 순임금

이 만든 쟁기로 역산에서 밭을 갈고, 신농씨가 만든 따비[145]가 천만세 전

해지니, 그들 또한 농부가 아니신가. 스님처럼 혀 다물고 단잠을 잔다.

얼널널 상사디야. 거적자리 치켜 덮고 연적 같은 작은 술병을 쥐고, 얼널널 상사디야."

노래를 듣던 어사가 부채로 얼굴을 가리고 이 소리를 다 들은 후에 농부에게 반말로 물었다.

"저 농부야. 말 좀 물어보자."

여러 농부가 서 있다가 한 농부가 달려 나와 말했다.

"먹물 엎지른 듯 어지럽게 똥 떨어진 말을 누구에게 하느뇨? 말은 무슨 말인고? 연못 모퉁이 허물고, 병풍 뒤에서 잠이나 자다가 오셨나?"

이렇듯 욕설이 난무하는데, 그들 중에 늙은 농부 하나가 달려 나왔다.

"말이 난 김에, 내 풍문을 들은 즉 어사 나왔다는 말이 있으니 이

사람 괄시 마소. 그도 아주 맹물은 아니기에 세 폭 자락 도포에 동떨

어진 말을 하니 괄시 마소."

몽룡이 이 말을 듣고 혼잣말로 감탄했다.

"사람은 늙어야 쓸 수 있단 말이 옳다."

그러고는 또 물었다.

"이 고을 원님의 정사는 어떠하냐. 민폐는 없느냐. 또 호색하여 춘

향을 수청 들였다는 말이 옳으냐?"

농부가 화를 내며 말했다.

"우리 원님이 공사는 잘하는지 못하는지 모르거니와, 참나무 마주

휘게 하듯 억지로 일을 꾸미니 어떻다 하리오."

몽룡이 이내 물었다.

"그 공사 이름이 무엇이라 하더뇨?"

농부가 하늘을 우러러 크게 웃으며 말했다.

"그 공사는 쇠코뚜레 공사라 하나이다. 욕심이 있는지 없는지는 모르겠지만, 민간의 미전목포¹⁴⁶를 다 고리대금질하여 거두어들이니 어떻다 하리오. 또 원님이 음란한 놈이라, 철석같이 수절하는 춘향이 수청 아니 든다고 엄하게 형벌을 주고 옥에 가두었는데, 구관의 아들인지 개아들인지 한번 떠난 후 끝내 소식이 없으니, 그런 쇠자식이 어디 있을까 보오."

몽룡이 서서 듣다가 낮게 일렀다.

"남의 일은 알지 못하거니와, 욕은 과하게 말라."

이내 돌아서서 혼잣말로 중얼거렸다.

"참으로 양반이 욕을 참혹히 보았도다."

그리고 나서 한 모퉁이 돌아가자, 단발머리 시골 아이들이 쇠스랑¹⁴⁷

과 호미를 둘러매고 「산유화」[148] 소리[149]를 하며 다가왔다.

"어떤 사람은 팔자 좋아 호의호식 염려 없고, 어떤 사람은 사주가 기구하여 일신이 난처한가, 빈부고락[150] 들어보세."

또 한 아이가 이어서 소리를 하였다.

"이 마을 처녀, 저 마을 총각, 남녀혼인 잘도 이루어지는데, 공평한 하늘 아래 세상일은 불공평하네."

몽룡이 서서 그들을 보다가 혼잣말로 평가했다.

"저 아이는 의붓어미 손에 밥 얻어먹는 놈이요, 저 아이는 장가 못 들어 애태우는 녀석이로다."

그러고는 또 한 곳을 바라보았다. 황하수는 한수(寒水)와 폭포수를 이리 둘러 저리 둘러 한데 합류하였다가 굽이굽이 콸콸 울렁퉁탕 흘러갈 때에, 꽃은 피었다가 절로 떨어지고 잎은 돋았다가 한바탕 광풍에 떨어져 낙엽 되니, 그 아니 좋은 풍경인가.

또 한 모퉁이를 돌아드니, 한 주막에 반백 노인이 한가히 앉아 청올치[151] 노끈을 꼬며 「반 남아」를 부르고 있었다.

"반 넘어 늙었으니 다시 젊어지진 못하여도 이후는 늙지 말고 매양 이만하면 좋을지니. 백발이 스스로 짐작하여 더디 늙게 하여라."

슬슬 비비며 노끈을 엮고 있는데, 몽룡이 보다가 말을 건넸다.

"저 노인, 말 좀 물어보자."

노인은 대답은 아니하고 위아래로 훑어보며 노래만 부르다가, 그제야 입을 열었다.

"보시오. 속담에 '조정에는 벼슬이 제일이요, 향당[152]에는 나이가 제일이라' 하는데, 보아하니 인사를 알 만한데, 어찌 그리 무례하고 경솔하뇨."

몽룡이 시치미를 떼며 말을 이어 나갔다.

"내 언제 반말을 하였다고. 그런데 들으니 본관 사또가 색을 밝혀 기생 춘향을 첩으로 삼아 호강한다는 말이 옳은지?"

노인이 화를 내며 말했다.

"송백[153] 같은 춘향에게 그런 누명을 씌우지 마시오. 원님이 음탕하여 춘향이 수청 아니 든다 해서 엄형을 가해 옥귀신을 만들도록, 이도령인지 나쁜 놈의 자식인지, 그런 계집을 버려두고 찾지도 아니하니, 그런 쥐아들 괴아들놈이 또 어디 있으리오."

몽룡은 이 말을 들은 후에 춘향 생각이 더욱 간절해져서 하루가 삼 년 같았다.

바삐 오수(임실)를 지나 남원성 안으로 들어가서 저리 수군수군 이리 숙덕숙덕, 염탐할 즈음이었다. 아전들은 어사가 내려온다는 말을

풍문으로 듣고, 관전(官田) 목포(木布) 환곡(還穀) 전결(田結) 복수[154]

문서들을 정리하는데, '사결에는 한 짐 열 뭇이요, 육결에는 석 짐 열

다섯 뭇[155]이요, 동쪽 창고와 서쪽 창고의 미전목포를 무턱대고 내입[156]

이라' 꾸며서, 이방과 호방 놈이 사실과 다르게 문서를 고치는 것을

탐지하였다.

재회

재회

몽룡이 춘향의 집으로 급히 찾아가니, 담장 위의 푸른 풀은 이별의

한을 띠었고, 동쪽 정원에 서 있는 오동나무는 작별의 눈물을 머금었

다. 바깥 담장은 자빠지고, 바깥채는 무너지고, 안채는 기울어져 서

까래 뼈대까지 드러난 데다, 마당은 개똥밭이 되었으니 어찌 기막히

지 않으리오. 마당에 이르렀을 때, 월매가 탕기[157]에 죽을 쑤며 눈물

과 원망 섞인 탄식을 내뱉고 있었다.

"내 팔자가 기박하여[158] 일찍이 부모 여의고, 중년에 남편 여의고, 말년에 딸 하나만 바라보았더니, 원수 같은 이몽룡만 믿고 저 지경을 당하니 이를 어찌 하란 말인고? 바라옵나니 하느님 우리 춘향이를 살펴 주소서."

이 말을 들은 몽룡은 그녀의 처지가 너무 가련한지라, 탄식하며 읊조렸다.

"이 또한 한때의 액화[159]이니, 자네한테 좋을 날이 설마 없으랴."

이어서 춘향 어미를 부르니, 월매가 대답했다.

"뉘라서 이 심란한 중에 와서 부르는고."

그녀가 나와 한참 뜯어보다가 입을 열었다.

"거지는 눈도 없는가. 내 집 모양을 보면 모를쏜가. 막내딸 하나를 두었다가 옥중에 가둬 두고 옥바라지하느라 가산을 탕진하였으니 동냥 줄 것 없는지라. 바삐 돌아가라."

몽룡이 마음속으로 웃으며 또 부르니, 월매가 그러고도 알아보지 못하고 다그쳤다.

"그 뉘시오? 김권롱[160]인지 환곡 재촉하러 왔나 보되, 이 와중에 할 수 없으니 죽이거나 살리거나 하라."

몽룡이 어이없어 또 불렀다.

"예전 책방 도련님이로다."

월매가 그제야 알아듣고 두 눈을 이리 씻고 저리 씻고 자세히 보다가 깜짝 놀라 말했다.

"얼굴은 도련님이 분명하나 의복은 종로 상거지 모양이니, 무슨 일인고? 온통 무명실로 마구 얽어 놓았으니, 괴이하다. 애고애고, 저 꼴을 누구더러 말할꼬. 현순[161]이나 백결선생[162]인들 정도가 있지, 이것이 어인 일인고? 벽해가 상전 되고, 상전이 벽해[163]가 된다 한들, 어찌 저다지 변하였는고. 애고애고 도련님 때문에 내 딸 춘향이 옥중에서 죽게 되었는데, 우리 모녀 밤낮으로 바라나니 도련님이오, 기다리나니 도련님 뿐이었거늘, 이제 저 꼴로 내려왔으니, 이를 장차 어찌하리오."

몽룡이 모르는 체하고 그 사연을 묻자, 월매가 울며 전후사정을 일일이 고하였다. 이에 몽룡이 거짓으로 놀라며 말했다.

"이 또한 한때 운수가 기울어진 탓이거니와, 나도 운수가 사나워 급제도 못하고 신세가 이 지경이 되었기로, 마지막으로 그녀 얼굴이나 보고 가려고 천리 길 멀다 않고 왔으니, 춘향에게로 가자."

월매가 마지못하여 몽룡을 앞세우고 따라가는데, 헌 파립에 짚신 신고 대로변의 바람 맞은 병자처럼 비슥비슥 걸어가는 거동이 보기에 참으로 딱하였다.

월매가 옥문 밖에서 춘향을 불렀다.

"애고애고. 밤낮으로 기다리고 기다리더니, 잘 되었다, 잘 되었다, 종로 상거지 하나 왔으니 보아라. 요년, 보아라."

이에 몽룡이 역정을 내며 월매를 밀치고 앞으로 나서며 춘향을 부르니, 기운이 빠져 칼머리를 베고 졸던 그녀가 그 소리에 놀라 말했다.

"그 뉘라서 날 찾는고. 영천수에 귀를 씻던 소부 허유[164]가 세상사를 의논코자 날 찾는가. 술을 즐기던 유령(劉伶)[165]이 술 먹자고 날 찾는가. 수양산에서 굶어 죽은 백이 숙제[166]의 충절에 대해 묻고자 날 찾는가. 아황 여영[167]이 순임금을 찾으려고 날 찾는가. 이태백이 시와 부(賦)를 논하려고 날 찾는가. 상산사호[168]가 바둑 두자고 날 찾는가. 천태산 마고선녀[169]가 숙낭자[170]를 찾아 구원하려고 날 찾는가. 그 뉘라서 날 찾는가."

몽룡이 또 부르니, 춘향이 그제야 음성을 알아듣고 취한 듯 미친 듯 칼머리를 비껴 안고는 벌떡 일어서며 말했다.

"이것이 무슨 일인고. 꿈인가 생신가. 명천(明天)이 감동하시어 만나게 하심인가. 하늘에서 내려왔는가, 구름에 싸여 왔는가. 그 사이 벼슬살이 분주하여 못 왔던가. 여름엔 구름이 산봉우리에 걸려 산에 막혀 못 왔던가. 봄엔 사방 연못에 물이 가득하여 물에 막혀 못 왔던가. 어찌 그리 소식이 단절되었던고. 내가 죽어 북망산천에 가서야 다시 볼까 하였더니, 오늘 상봉하매 반갑기도 한량없고 기쁘기도 측량 없네. 칠 년 큰 가뭄에 비 본 듯, 구 년 대 홍수에 해 본 듯 즐겁기도 그지없다."

이내 춘향이 애원했다.

"도련님, 날 살려내오. 족쇄나 벗겨주면 걸음이나 걸어보리. 옥문

밖으로 내어주면 세상구경 하여 보리. 애고애고, 이 지독함을 어찌하란 말인고. 도련님 얼굴이나 보여주오."

몽룡이 가까이 나아가니, 춘향이 옥문 틈으로 여여히 바라보다가 눈물을 흘리며 한탄했다.

"도련님 저 모양이 어인 일고. 무슨 연고로 저 지경이 되었는고. 도련님은 저리 되고 나는 옥귀신이 되었으니, 하늘이 어찌 이다지 무심하신고."

몽룡이 애틋한 마음을 억누르며 말했다.

"나도 운수가 기박하여 급제는 고사하고 이 모양이 되었으니 누구를 원망하리오. 우리 언약이 지극히 중하기로 천리 길을 멀다 않고 내려왔으매, 고생하던 말이야 어찌 다 짐작할꼬. 우리 둘이 팔자가 기구하여 잠시 이리 되었으나, 필경 좋을 때가 있을 것이니 조금도 서러

워 말고 안심하여라."

춘향은 그 말에 목이 메어 읊조렸다.

"불쌍하고 불쌍하다. 그 사이 오죽이나 굶주렸을까."

곧장 어미를 부르니, 월매가 퉁명스럽게 내뱉었다.

"날 불러 무엇하랴. 내 밤낮으로 기다렸는데, 이제는 바라던 길도 끊어지고 기다리던 일도 허사로다. 이 설움을 누구더러 하소연하란 말인고."

춘향이 단호한 목소리로 대답했다.

"아무 말도 다시 마오. 속담에 하늘이 무너져도 솟아날 구멍이 있고, 죽을 병에도 사는 약이 있다 하니, 이토록 죽을 상 짓지 말고 내 말대로 하오. 도련님 모시고 집으로 가서 저녁밥 따숩게 잘하여 드리고, 자던 방에 내 비단이불 펴 드려 날 본 듯이 주무시게 하고, 내일

내 함롱[171] 속의 노리개와 앞뒤 비녀, 비단필을 다 팔아다가 도련님 입

으실 옷 한 벌 하여 드리오."

그리고는 몽룡더러 다정하게 일렀다.

"부디 내 집에 가서 평안히 쉬시오. 내일은 사또 생일이라, 잔치가

끝나면 필경 일이 있을 것이니, 칼머리만 들어주오."

그 말에 몽룡이 대답했다.

"아무튼 염려 말거라."

몽룡이 월매를 데리고 나가는데, 한 모퉁이를 지나서며 월매가 발

걸음을 멈추며 물었다.

"도련님 어디로 가려느뇨?"

몽룡이 어이없어 대답했다.

"자네가 아무리 구박하여도 오늘 밤만 자고 내일 어디로 갈 것이

니 염려 말라."

그렇게 몽룡은 춘향의 집으로 가서 밤을 지냈다.

이튿날 날이 밝아올 무렵 관문 밖을 왕래하며 탐지해 보니 과연 본관 사또의 생일이 사실이었다. 잔치 준비하는 움직임을 살펴보니, 동헌 난간을 이어 천막을 매고 구름차일[172]을 높이 치고, 산수병풍 인물병풍 모란병풍을 둘렀는데, 꽃무늬 자리 위에 면단석[173] 만화방석[174] 초방석[175]을 줄 맞춰 펼치고, 사롱촛대[176] 양각등[177]과 요강 타구 곁들이[178]를 여기저기 벌여 놓았다. 인근 고을 수령들이 차례로 앉은 후에, 녹의홍상 입은 어린 기생들과 전립을 쓴 젊은 기생들을 늙은 기생이 인솔하여 좌우에 줄지어 섰다. 흥청망청 술상이 어지러운 가운데, 양금 거문고 생황 가야금 소리는 산호 편으로 옥반을 치는 듯하고, 입춤[179] 후에 검무 보고, 거문고에 맞춘 남창(男唱)을 듣고, 해금에 맞춘 여창(女唱)이 이어졌다. 몽룡이 들어가고자 했으나, 출입이 엄격히 통제되었다. 문밖을 배회하며 혼잣말로 분통을 터트렸다.

"이 놀음이 곧 곯음이 되렷다. 저 놀음이 얼마나 오래가리오. 아무튼 잘 놀아라. 매우 잘 논다. 이따가 가만 보아라. 내 솜씨에 똥줄이 탈 것이니라."

몽룡이 문밖에서 자꾸 기웃거리니, 문지기가 윷놀이 채찍으로 후려치며 구박이 매우 심한 탓에 방황하며 주저하고 있었다. 문지기가 소변을 보러 간 틈에 주먹을 불끈 쥐고 돌입하여 동헌 앞까지 들어가니, 변학도가 먼저 알아채고 크게 노하였다.

"우선 문지기 잘못을 적시하고, 나졸들을 불러 저 걸인을 바삐 뒤통수 질러 내치라."

좌우 나졸들이 일시에 달려들어 몽룡의 덜미를 잡아 끌어내었다.

몽룡은 하는 수 없이 분함을 참고 관문 근처를 배회하며 다시 들어

갈 방법을 궁리했다. 한곳을 바라보니 동헌 옆 행랑채 뒤로 담이 무

너져 거적으로 막아 놓은 터라, 가만히 들추고 들어가 바로 대청 위

로 올라가며 말했다.

"내 마침 지나다가 오늘 성대한 잔치의 음식이나 얻어먹을까 하

노라."

이 말에 변학도는 불쾌히 여기는데, 운봉 영장[180]이 웃으며 말했다.

"이 또한 별일 아니니 합석하여 참여해도 무방하다."

몽룡이 한쪽에 자리 잡고 앉아 있으니, 이윽고 술상이 들어왔다.

운봉 영장이 통인을 불러 분부하였다.

"술상을 가져다가 저 양반께 부어드려라."

이에 통인 놈이 술을 부어 몽룡에게 건네니, 몽룡이 받지 않고 트집을 잡으며 말했다.

"내 가만히 보니 어떤 자리에는 기생이 권주가를 부르며 술을 권하고, 어떤 자리에는 떠꺼머리 아이 놈이 얼렁뚱땅하니 어찌 된 일이뇨. 무릇 술은 권주가가 없으면 맛이 없으니 기생 중 묘한 년으로 하나 보내거라."

변학도가 이 말을 듣고 말했다.

"귀찮은 손님이로다. 내 운봉의 말을 들어서 이런 고약한 꼴을 본다."

운봉 영장이 웃으며 기생에게 분부했다.

"아무 년이라도 가보라."

한 기생이 마지못해 내려가며 투덜거렸다.

"아니꼬워라. 권주가 없으면 술이 목구멍에 넘어 들어가지 아니하나."

이내 기생이 술을 부으며 권주가를 불렀다.

"잡으시오 잡으시오, 이 술 한 잔 잡으시오. 이 술 한 잔 잡으시면 천만 년이나 사오리다. 이 술은 술이 아니라 한무제가 승로반에 이슬 받은 것이오니, 쓰나 다나 잡으시오."

몽룡이 흡족해하며 말했다.

"매우 좋으니 더 하라."

기생이 연이어 여러 곡을 불렀다.

"인간 이별이 많아서 독수공방 더욱 섧다. 그리워도 서로 못보니 이런 내 심정 저 누가 알리, 나뿐이라."

"달아 달아 밝은 달아 이태백이 놀던 달아. 태백이 죽은 후에 누구랑 놀려고 밝았느냐."

"봄잠을 늦게 깨어 창문을 반쯤 여니, 뜰 안의 꽃은 활짝이라. 가녀린 나비 머무는 듯 버들은 흔들리며 성긴 안개를 드리웠더라."

"백발 어부가 포구에 머무니, 물가 사는 것이 산보다 낫다 하네. 배 띄워라, 배 띄워라. 아침 썰물 간신히 빠지자, 저녁 밀물 밀려오네. 지국총 지국총[181] 어기여차 하니, 배에 기댄 어부의 한쪽 어깨가 높도다."

"백구야 펄펄 날지 마라. 너 잡을 내가 아니라. 임금이 버리시니 너를 쫓아 여기 왔노라. 오월 봄버들 볕이 좋으니, 백마에 황금 채찍 휘두르며 꽃놀이 가자."

"말 없는 청산(靑山)이요, 꾸밈 없는 녹수(綠水)로다. 값 없는 청풍 (淸風)이요, 임자 없는 명월(明月)이라. 그 중에 병 없는 몸이 분별없이 늙으리라."

"북두칠성 하나, 둘, 셋, 넷, 다섯, 여섯, 일곱 분께 간절한 사연 한 장 아뢰나이다. 그리던 임을 만나 정겨운 말 다 못 나누고 날이 바삐 새니 이 마음 참으로 안타까우니, 밤중을 삼태성[182]에 채사[183]를 보내어 멈추게 하시고, 샛별을 뜨지 못하게 하여 주소서."

노래가 끝난 후에 큰 상이 차례로 들어왔다. 몽룡이 받아놓고 보니 모서리 떨어져 나간 낡은 평반[184]에 국수 한 접시, 떡 한 조각, 양지차돌 한 토막, 대추 하나, 밤 하나, 배 한 쪽이 놓였는데, 명색만 상같이 차려 주었다. 몽룡이 심술을 내어 두 다리로 상을 차서 엎지르니, 좌중이 모두 불쾌하게 여겼다. 몽룡이 일어나 그 엎지른 것을 그러모아 소매에 뭉쳐 넣었다가 상석을 향해 뿌리면서 아깝다 소리치는데, 사또 변학도의 얼굴에까지 튀었다. 그가 얼굴을 찡그리며 통탄했다.

"인사불상(人事不祥)[185]이로고! 애초에 운봉의 말을 듣다가 이런 욕을 보니 절통하다."

이윽고 몽룡이 말했다.

"나도 부모 은덕으로 글은 배웠으니, 이런 잔치에서 음식을 얻어

먹고 그냥 가기엔 재미가 없으니 운을 불러주면 글이나 짓고 가는 것

이 어떠하뇨."

좌중에서 논란이 분분하다가, '기름 고(膏)'자와 '높을 고(高)'자를

운자로 내고 지필묵[186]을 주니, 몽룡이 즉석에서 지어내었다.

*

"금준미주(金樽美酒)는 천인혈(千人血)이오, 옥반가효(玉盤佳肴)는

만성고(萬姓膏)라. 촉루낙시(燭淚落時) 민루낙(民淚落)이오, 가성고처

(歌聲高處) 원성고(怨聲高)라."

*

좌중이 받아보고 서로 얼굴만 멀거니 바라볼 때에, 운봉 영장이 글을 오래 들여다보았다. 그 글 뜻은 '금잔의 아름다운 술은 천백성의 피요, 옥쟁반의 아름다운 안주는 만백성의 기름이라. 촛농 떨어질 때 백성의 눈물 떨어지고, 노랫소리 높은 곳에 원망 소리 높다' 는 말이 아닌가.

"이는 무릇 원님을 비판하고 백성을 위하는 내용이니, 심히 수상하다. 삼십육계 중에 줄행랑이 제일이라. 먼저 발을 빼리라."

운봉 영장이 나직이 읊조리고는 변학도에게 일러 말했다.

"내가 내일부터 환곡 징수를 시작하기에 종일 함께 즐기지 못하고 먼저 가겠노라."

그리고는 서둘러 자리를 떠났다.

이윽고 어사의 역졸들이 마패를 들고 사방에서 문을 두드리며

"암행어사 출도야!"라고 소리 지르니, 온 고을

이 진동하며 단번에 아수라장이 되었다. 부러

지는 것은 해금과 대금 피리요, 깨지는 것은

장구와 거문고 등의 악기들이었다. 각 고을의

수령들이 서로 부딪치며 쥐 숨듯 일시에 달아날 때, 임실 현감은 갓

을 옆으로 쓰며,

　"이 갓 구멍은 누가 막았는고."

하며 미친듯이 달아나고, 전주 판관은 어지러운 와중에 말을 거꾸로

타며 하인더러,

　"말 목이 어디로 갔느냐. 원래 없더냐. 아무튼 바삐 가자."

하고, 여산 부사는 어찌나 겁이 났던지, 상투를 쥐구멍에 박고 하는

말이,

"누가 날 찾거든 벌써 갔다고 하여라."

하고, 여기저기 뒤죽박죽이 될 적에, 원님 변학도는 똥을 싸고, 이방

은 기절하고, 삼반관속[187]은 오줌 싸고, 심지어 동헌 안채에서도 부인

이 똥을 싼다 하니, 변학도가 떨며 말했다.

"겁을 주고 너를 내보내려 했는데, 이 똥 때문에 우리는 똥으로 망

하는구나."

이렇듯 한창 분주할 때, 어사가 남원 부사 변학도를 우선 파면하고

창고를 봉인한 뒤, 조정에 장계[188]를 올린 다음 동헌에 자리를 잡고

모든 공사를 처리했다. 관속들의 죄상은 추후 분부를 기다리라 하고,

우선 죄수 춘향을 데려오라 명하였다. 옥사쟁이가 춘향을 압령[189]하

여 들어오는데, 춘향이 칼머리를 붙잡고 울며 말했다.

"우리 도련님더러 오늘 칼머리나 들어달라고 천만 번 당부하였더

니, 기한[190]을 못 지켜 어디 가셨도다. 오늘은 필경 사생결단이 날 것이거늘, 우리 도련님 어디를 가서 이 광경을 보지 못하는고."

춘향이는 마침내 목 놓아 통곡했다.

나졸이 춘향을 올리니, 형방 아전이 말했다.

"어사또 분부하시기를, 오늘부터 너를 수청 들이라 하시니 명대로 거행하라."

춘향이 아뢰었다.

"소녀가 전임 사또 자제 도련님과 이미 백년결약 하였기에 분부를 시행하지 못하겠사옵니다."

이에 어사가 말했다.

"노류장화는 누구나 꺾을 수 있으니, 너 같은 천한 기생이 어찌 이 도령을 믿고 수절하리오. 바삐 수청을 들라."

춘향이 단호히 말했다.

"아무리 천한 기생인들 이미 굳게 맹세한 일을 어찌 일구이언하리오. 사또께서 소녀를 온갖 방법으로 모질게 하실지라도 제 마음을 바꾸지 못하리로소이다."

어사가 감동하여 말했다.

"그대 같은 절개 굳은 이가 어찌 아름답지 아니하리오."

곧이어 기생들에게 명을 내렸다.

"춘향이 쓴 칼을 이로 물어뜯어 벗기라."

누구 명이라 거역하겠는가. 모든 기생이 달려들어 물어뜯어 벗겨 내니, 어사가 춘향더러 말하였다.

"네 얼굴을 들어 나를 보라."

춘향이 아뢰었다.

"보기도 싫고 말씀도 나누기 어렵사오니, 바삐 죽여 소녀의 원을 이루게 하소서."

어사가 이 말을 듣고 도리어 가련히 여겨 부드럽게 말을 이었다.

"아무리 싫어도 잠깐 눈을 들어 자세히 보라."

춘향이 그 말을 듣고 의아하여 눈을 들어 살펴보니, 틀림없는 이몽룡이었다. 사연도 묻지 않고 뛰어올라갔다.

"얼싸절싸 좋을시고. 세상에 이런 일이 또 있는가. 옛날 한신도 빨래하는 아낙에게 걸식하며 소년시절 욕을 보다가 한나라 대장 될 줄 누가 알며, 강태공도 팔십까지 곤궁하여 위수 가에 낚싯대를 드리우고 있다가 주나라 정승이 될 줄 누가 알며, 엊그제 걸인으로 다니다가 오늘 암행어사 될 줄 그 누가 알며, 옥중에서 고생하다가 어사 서방 만나 세상 구경할 줄 누가 알쏘냐. 얼씨구 좋을싸, 어사 서방 좋을

시고! 이것이 꿈인가 생시인가, 정말인가 거짓말인가. 즐겁기도 그지없

네. 어사 서방 즐겁도다. 어제 걸인으로 나를 찾아와 볼 때, 오늘 암

행어사가 될 줄 나는 몰랐네."

춘향이 이리 뛰고 저리 뛰며 온갖 방법으로 즐길 때, 월매가 미음

그릇을 들고 오며 말했다.

"저리하면 네가 정절을 지켜 이름을 죽백[191]에 올리느냐. 애고애고

설움이야. 이런 설움도 또 있는가. 만고의 충신 굴원[192]도 제 뜻을 펼치

지 못해 멱라수에 빠져 죽고, 두 임금 섬기길 마다한 백이 숙제도 충

절을 지키려다 수양산에서 굶어 죽었으니, 이를 본받아 열녀가 되려거

든 아황 여영처럼 상강에 빠져 죽음이 그 아니 마땅한가."

월매가 울면서 오는데, 관속들이 그녀를 보고 치하했다.

"그런 희한하고 기쁜 일이 어디 있으리오."

월매는 어안이 벙벙하여 말했다.

"이 말이 어인 말인고."

곧 문틈으로 기웃이 들여다보다가, 오리(五里)만치 뛰어나와 미음 그릇을 십 리까지 내던지고 손뼉 치며 쾌재를 불렀다.

"얼싸 좋을시고! 하늘 아래 이런 귀한 경사가 또 있는가. 가슴대[193] 승두선[194]에 이궁전[195]이 제격이요, 밀회 갓끈[196]에 산호 격자[197]가 제격이요, 노인 상투에 붉은 구슬이 제격이요, 터진 방앗공이에 보리알이 제격이요, 돌 틈에 탕관[198]이 제격이요, 안질에 노랑 수건이 제격이요, 기생 춘향에 어사 서방이 제격이요, 춘향 어미에 어사 사위는 과분하다 과분하다! 그것이 참말인가 헛말인가, 어찌 즐겁지 않으리오!"

월매는 기쁨을 이기지 못하여 궁둥춤을 추며 강둥강둥 뛰었다.

"강둥의 벗님이 길나비처럼 훨훨! 얼싸 좋다, 지화자 좋을시고! 내

딸 춘향이를 두었다가, 오늘 경사를 보니 기쁘기도 한량없고 반갑기도 그지없다. 저마다 딸을 두어 나같이 효도를 본다면 '아들보다 딸이 중하다' 하던 말이 헛말이 아니로다!"

이리 놀며 저리 놀며 흥에 겨운 춘향 어미였다.

어사가 남원 예방(禮房)에게 분부하여 큰 잔치를 베풀어 춘향과 함께 즐기었다. 어사는 공부하여 과거 급제한 후 어사를 자원하여 내려오게 된 경위를 말하고, 춘향은 처음부터 끝까지 고생한 일을 털어놓으니, 슬픔과 기쁨이 교차하여 종일 즐겼다. 이어서 허 판수를 불러들여 상급을 많이 주며 점괘 맞춘 일을 칭찬하고, 옥졸을 불러 음식을 주며 그간의 수고를 치하한 뒤, 잔치를 마무리하였다. 이튿날 어사는 미진한 공사를 다 처리한 연후에, 그 사연들을 임금께 세세히 아뢰었다. 임금께서 들으시고 크게 칭찬하시어 말씀하셨다.

"자고로 수절한 자 많으나, 천한 기생이 금석(金石)[199]같은 절개를 지킨 예는 실로 드문 일이니, 어찌 아니 아름답다 하리오."

이에 춘향에게 직첩을 내리시어 '정절부인(貞節夫人)'에 봉하시고, 어사는 나랏일에 수고했노라 하시며 가자(加資)[200]하여 벼슬을 높여 주셨다. 어사는 수없이 절하며 임금의 은혜에 감사드린 후에, 춘향을 데리고 상경하여 아들딸 많이 낳고 백년해로하였다.

무릇 양반 부녀자도 수절하기 극히 어려운데, 하물며 창가(娼家) 여자로 정절을 지켜 마침내 뜻을 이루니, 고금(古今)에 드문 일이라. 이에 대강을 기록하여 후세 사람으로 하여금 충절의 행실을 본받게 하노니, 비록 장부(丈夫)라 할지라도 임금 섬기는 자는 반드시 두 마음을 품지 말지니라.

봄물의 죽

본문의 주 : 미주

1. 두목지(杜牧之): 당나라 시인 두목(杜牧, 803-852)의 자. 준수한 풍채와 풍류로 유명했다. 이백(李白), 두보(杜甫)와 함께 '이두두(李杜杜)'로 불리는 낭만적 풍류 시인.
2. 이태백(李太白): 당나라 시인 이백(李白, 701-762)의 자. 시선(詩仙)으로 불리며 탁월한 문재로 유명하다.
3. 강남(江南): 중국 양자강(揚子江) 이남 지역. 경치가 아름답고 문화가 발달한 곳으로 유명하여 조선시대에 이상적인 풍경을 비유하는 표현.
4. 명매기걸음: 맵시 있게 아장거리며 걷는 걸음. '명매기'는 제빗과의 철새로, 그 경쾌한 움직임을 비유한 표현이다.
5. 악양루(岳陽樓), 봉황대(鳳凰臺), 황학루(黃鶴樓), 고소대(姑蘇臺): 모두 중국의 유명한 명승지. 악양루는 호남성 동정호(洞庭湖), 봉황대는 강소성 남경(南京), 황학루는 호북성 무창(武昌), 고소대는 강소성 소주(蘇州)에 있으며, 절경으로 이름난 곳들이다.
6. 단옷날: 단오. 우리나라 명절의 하나. 음력 5월 5일로, 단오떡을 해 먹고 여자는 창포물에 머리를 감고 그네를 뛰며 남자는 씨름을 한다.
7. 전반(剪板): 종이 도련할 때 쓰는 좁다랗고 얇은 긴 나뭇조각.
8. 백방수화주: 흰색 바탕에 물결무늬가 있는 명주.
9. 광월사: 광택 있는 두꺼운 비단.
10. 곁마기: 여자가 예복으로 입던 저고리의 하나. 연두나 노랑 바탕에 자줏빛으로 겨드랑이, 깃, 고름, 끝동을 단다.
11. 남봉항라: 쪽빛 봉황무늬의 최고급 여름 비단.
12. 대단치마: 크고 넓은 홑치마.

13. 삼승버선: 곱게 짠 면직 버선. 삼승(三升)은 베의 등급을 나타내는 단위.

14. 밀화: 밀랍으로 만든 조화(造花).

15. 금사오리: 금실로 만든 오리 장식.

16. 병부: 군대를 동원할 때 쓰던 동글납작한 나무 패.

17. 동개: 활과 화살을 꽂아 넣어 등에 지도록 만든 물건. 흔히 가죽으로 만드는데, 활은 반만 들어가고 화살은 아랫부분만 들어가도록 만든다.

18. 섬섬옥수(纖纖玉手): 가냘프고 고운 손을 이르는 말.

19. 금생여수 옥출곤강(金生麗水 玉出崑岡): 천자문의 6번째 문구. "금은 여수에서 나고 옥은 곤륜산에서 나온다"는 뜻으로, 중국 고대 문헌에서 여수는 좋은 금이 나는 곳으로, 곤강(곤륜산맥이나 그 산지일대)은 아름다운 옥이 나는 곳으로 유명하다.

20. 명사십리: 함경남도 원산시의 동남쪽 약 4km 지점에 있는 모래사장. 모래가 곱고 부드러운 해수욕장과 해당화로 유명하다.

21. 북망산: 무덤이 많은 곳 또는 사람이 죽어서 묻히는 곳을 이르는 말. 중국 낙양의 북쪽에 위치한 망산(邙山)에 무덤이 많았다는 데서 유래. 북망, 북망산천으로도 쓰인다.

22. 산천경개(山川景槪): 산과 강의 아름다운 자연의 경치.

23. 대명전(大明殿): 고려 말 개성 수창궁(壽昌宮)의 정전. 조선 태조가 한양 천도 전까지 정무를 보며 즉위식을 거행한 곳. '대명(大明)'은 《시경》에서 유래한 말로 밝은 덕이 온 세상을 비춘다는 뜻이며, 천자가 거처하는 최고 권위의 공간을 상징한다.

24. 정동갑(正同甲): 나이가 꼭 같음.

25. 천정배필(天定配匹): 하늘에서 미리 정하여 준 배필이라는 뜻으로, 나무랄 데 없이 꼭 알맞은 한 쌍의 부부를 이르는 말. 천생배필.

26. 탁문군(卓文君): 중국 한나라 시대 여인. 가난한 문인 사마상여(司馬相如)의 거문고 연주에 반해 야반도주, 사랑을 쟁취한 고사 속 인물.

27. 육례(六禮): 조선시대 정식 혼인의 여섯 절차. ① 납채: 혼인 청함, ② 문명: 신부 사주 물음, ③ 납길: 혼인 길일 통보, ④ 납징: 예물(폐백) 보냄, ⑤ 청기: 혼례 날짜 정함, ⑥ 친영: 신랑이 신부 집에 가서 혼례를 치름.

28. 불망기(不忘記): 뒷날에 잊지 않기 위하여 적어 놓은 글. 또는 그런 문서.

29. 시큰둥하셔: 남을 시시하게 여겨 태도가 거만하거나 도도하다는 뜻.

30. 통지기: 관청에서 잔심부름을 하던 하급 관속(통인). 당시 통인들은 대개 외모가 반듯한 미소년들이 맡는 경우가 많았으며, 이들이 기거하는 '통지기 방'은 권세가나 사또들이 소년들과 남색(동성애)을 즐기던 은밀한 장소로 비유.

31. 방귀 냄새를 무수히 맡으러 다니다: 동성애를 해학적이고 비속하게 비유한 표현. 직접적인 성행위 묘사를 피하면서도 '방귀 냄새'라는 소재를 빌려 풍자한 것.

32. 동헌: 지방 관아에서 고을 원(員)이나 수령이 공사를 처리하던 중심 건물.

33. 초헌: 종2품 이상의 벼슬아치가 타던 수레. 긴 줏대에 외바퀴가 밑으로 달리고, 앉는 데는 의자 비슷하게 되어 있으며, 두 개의 긴 채가 달려 있다.

34. 소란반자: 가는 나무살을 격자로 대고 판을 얹은 천장 양식.

35. 당유지: 기름을 먹인 고급 종이. 윤기가 나고 질김.

36. 적로마(赤露馬): 삼국지에 나오는 명마 적토마(赤兔馬)의 다른 표현. 하루에 천 리를 달린다는 전설적인 준마로, 원래 여포의 애마였다가 관우에게 전해졌다.

37. 육환장(六環杖): 6개의 쇠고리가 달린 지팡이. 승려가 지니는 법구로, 6개의 고리는 중생이 업에 따라 윤회하는 여섯 세계인 육도(지옥, 아귀, 축생, 아수라, 인간, 천상)를 상징한다.

38. 울지경덕(尉遲敬德), 진숙보(秦叔寶): 중국 당나라 태종을 도운 두 명장. 태종이 병으로 악귀에 시달리자 두 장군이 밤마다 문을 지켜 악귀를 쫓았다는 전설에서 유래. 이후 문신(門神)으로 모셔져 대문에 붙여 액운을 막는 수호신이 되었다.

39. 연당: 연꽃을 심은 연못.

40. 쇄금 들미장: 금실을 박아 넣어 장식한 이동식 작은 장롱. 쇄금은 금속선을 새겨 넣는 고급 장식 기법.

41. 가께수리: 서랍이 달린 작은 보관함으로, 화장 도구를 넣어둔다.

42. 계자다리: 닭 발 모양으로 만든 다리. 가구나 제기의 받침.

43. 철침: 쇠로 만든 베개.

44. 퇴침: 속이 빈 나무로 만든 상자 모양 베개.

45. 피행담: 가죽으로 만든 여행용 상자.

46. 빗접걸이: 빗과 화장품 상자를 올려두거나 거는 기구.

47. 장목비: 꿩의 꽁지깃을 묶어 만든 먼지털이.

48. 전대야: 구리로 만든 큰 세숫대야.

49. 광명두: 등잔걸이.

50. 타구: 가래나 침을 뱉는 그릇.

51. 귀목뒤주: 느티나무(귀목)의 아름다운 결을 살려 만든 고급 뒤주.

52. 당화기: 중국 당나라에서 들여온 화려한 그릇이나 용기.

53. 동래기명: 부산 동래 지역에서 생산된 유명한 놋그릇(유기)이나 세간들.

54. 실굽달이: 그릇 밑바닥의 굽이 실처럼 가늘고 높게 만들어진 우아한 형태의 그릇.

55. 곽분양의 행락도: 당나라 명장 곽자의(697-781, 안녹산의 난을 평정하고 분양군왕이라는 작위를 받음)가 자손들과 즐기는 그림. 다복과 번영의 상징.

56. 왕희지의 난정연: 서성(書聖) 왕희지(303-361)가 353년 난정에서 문인들과 시회를 연 장면. 풍류의 상징.

57. 호렵도 곡병: 북방 이민족의 사냥 장면을 그린 접을 수 있는 머릿병풍.

58. 봉족자: 봉황이 그려진 두루마리 족자.

59. 처네: 이불 밑에 덧덮는 얇고 작은 이불. 겹으로 된 것도 있고 솜을 얇게 둔 것도 있다.

60. 팔모접시: 여덟 모가 난 팔각형 접시. 잔칫상 등 격식 있는 자리에 사용.

61. 대모반: 바다거북 등껍질로 장식한 최고급 쟁반.

62. 생청: 벌집에서 바로 채취한 순수한 꿀로, 향이 깊고 귀하다.

63. 노자작(鸕鷀杓): 가마우지 모양으로 꾸민 술국자.

64. 한무제 승로반(漢武帝 承露盤): 중국 한나라 무제(재위 BC 141-87)가 불로 장생을 위해 만든 이슬을 받는 그릇. 건장궁에 수십 장 높이의 구리 기둥을 세우고 그 위에 동반(銅盤)을 올려 하늘의 이슬(감로)을 받아 마셨다는 전설로, 귀하고 신령스러운 술을 비유하는 표현.

65. 왕장군의 창고: '쌓아 두고도 못 쓰는 것은 왕장군의 창고'라는 속담. 중국 진나라 대부호 왕개(王愷)가 엄청난 재물을 쌓아두고도 제대로 써보지 못한 채 죽었다는 고사에서 유래.

66. 잡소리: 잡가(雜歌) 또는 타령. 민요나 속요 등을 두루 이르는 말.

67. 객창(客窓): 손님이 머무는 방. 사랑방.

68. 비점(批點): 잘된 곳에 찍는 칭찬의 점. 만남, 포옹, 입맞춤 등 사랑의 각 단계마다 '완벽하다'는 추임새로 사용.

69. 관주(貫珠): 글자 그대로는 '구슬을 꿰다'는 뜻. 비점보다 높은 찬사로, 비점보다 높은 찬사. 성적 결합의 절정 순간을 한자 모양(呂,凹,凸)에 빗대어 해학적으로 표현할 때 사용.

70. 인경: 밤 통행금지를 알리는 큰 종소리. 성적 황홀경에 빠진 몽룡에게 거대한 종소리가 작은 매방울처럼 들릴 만큼 정신이 아득해진 상태를 비유.

71. 적년(適年): 딱 맞는 기간. 백년가약이 둘의 사랑을 나누기에 적절하다는 의미.

72. 청조(靑鳥): 파랑새. 중국 신화에서 서왕모(西王母)의 심부름을 하며 소식을 전하는 상서로운 새. 사랑하는 사람들의 소식과 만남을 이어주는 상징.

73. 음양수(陰陽水): 찬물과 뜨거운 물을 섞은 물. 음(陰)과 양(陽)의 조화를 상징하며, 남녀가 결합하여 하나가 되는 것을 비유하는 표현.

74. 풍헌(風憲): 지방 관직. 주로 암행어사나 지방의 감찰관을 이르는 말.

75. 청산녹수(靑山綠水): 푸른 산과 푸른 물. 변하지 않고 영원한 자연을 상징하여, 변치 않는 사랑과 인연을 비유.

76. 이연지심(離然之心): 이별의 마음. 헤어지는 슬픔과 그리움.

77. 면경(面鏡): 손거울. 작은 휴대용 거울.

78. 아전(衙前): 지방 관청에서 행정 실무를 담당하던 하급 관리. 이방(吏房, 인사담당), 호방(戶房, 재정담당), 예방(禮房, 의례담당), 병방(兵房, 군사담당), 형방(刑房, 형벌담당), 공방(工房, 토목담당)의 육방(六房)으로 구성되었다.

79. 의양이(義娘-): '의로운 아가씨'로 추정되나 정확한 의미는 불분명. 변학도가 춘향을 가리켜 사용한 표현으로, 이방은 '양(羊)'과 '염소'를 잘못 알아듣는 척 말장난을 한다.

80. 대비정속(代婢定屬): 기생이나 노비가 자신을 대신할 사람을 관가에 바치고, 천민의 신분에서 벗어나 양민의 신분으로 고정되어 속하는 제도.

81. 작첩(作妾): 첩을 삼음. 정식 부인이 아닌 첩으로 맞아들이는 것.

82. 의례를 갖추어 영접: 신임 수령을 맞이하는 엄숙한 의식. 청도기(푸른 깃발), 홍문기(붉은 깃발), 주작기(남쪽 상징 붉은 새 깃발), 홍초기(붉은 비단 깃발),

황문기(중앙 상징 노란 깃발), 순시기(순시용 깃발), 백문기(서쪽 상징 흰 깃발), 흑문기(북쪽 상징 검은 깃발) 등의 깃발과 금고(징과 북), 호총(신호용 총), 바라(청동 타악기), 피리, 날라리, 나발 등의 악기, 곤장(형벌용 몽둥이), 영기(명령용 깃발), 관이전(형벌권 상징 화살), 영전(명령권 상징 화살) 등을 갖추고, 난후별대(특수 기병 부대), 집사, 장교, 기생들이 도열하여 수령을 맞이하는 격식 높은 행사.

83. 환곡(還穀): 곡식을 사창(社倉)에 저장하였다가 백성들에게 봄에 꾸어 주고 가을에 이자를 붙여 거두던 일. 또는 그 곡식.

84. 전결(田結): 토지세. 논밭에 물리는 세금.

85. 점고(點考): 명부에 일일이 점을 찍어 가며 사람의 수를 조사함.

86. 관차(官差): 관청에서 파견한 사람.

87. 주안(酒饌): 술과 안주.

88. 장차(仗差): 죄인 체포 및 형벌 집행 담당 하급 관리.

89. 차사(差使): 관청 심부름꾼. 장차, 사령 등을 통칭.

90. 낭청(郎廳): 중앙 관청의 양반 관리. 변학도의 측근으로 동행한 인물.

91. 이현령비현령(耳懸鈴鼻懸鈴): '귀에 걸면 귀걸이 코에 걸면 코걸이'라는 뜻으로, 어떤 사실이 이렇게도 저렇게도 해석됨을 이르는 말.

92. 노류장화(路柳墻花): '길가의 버드나무와 담장의 꽃'이라는 뜻으로, 아무나 꺾어갈 수 있는 기생을 낮잡아 이르는 말.

93. 수청(守廳): 관아의 수령을 곁에서 모시는 일. 여기서는 성적 봉사를 의미하며, 권력을 이용한 성적 착취를 가리킨다. 당시 관기에게 강요되던 악습이었다.

94. 충신불사이군(忠臣不事二君): 충신은 두 임금을 섬기지 않는다. 충절의 원칙.

95. 열녀불경이부(烈女不更二夫): 열녀는 두 남편을 섬기지 않는다. 정절의 원칙.

96. 형추(刑推): 형벌을 가하여 심문함.

97. 살등: '아뢰노니'라는 뜻의 이두 표현. 공문서나 소송 문서, 판결문 등에서 사용됨. 여기서는 형방이 판결문을 읽으며 춘향에게 죄목을 고하는 형식적 표현.

98. 집장(執杖): 곤장을 잡고 형벌을 집행하는 관속.

99. 주장(周杖): 대나무로 만든 형벌용 몽둥이.

100. 용천검(龍泉劍): 중국 춘추시대 대장장이 구야자가 만든 전설의 명검. 원래 이름은 용연검(龍淵劍)이었으나 당 고조 이연(李淵)의 이름을 피해 용천검으로 바뀜. 용이 승천하듯 예리하고 신령한 칼.

101. 태아검(泰阿劍): 구야자와 간장이 초나라 왕을 위해 만든 세 자루의 명검(용연, 태아, 공포) 중 하나. 보는 것만으로도 적을 물리칠 정도로 위엄 있는 천하제일의 보검.

102. 삼강오상(三綱五常): 유교의 기본 윤리. 삼강은 임금과 신하, 아버지와 자식, 남편과 아내 사이의 도리이고, 오상은 인(仁) 의(義) 예(禮) 지(智) 신(信)의 다섯 가지 덕목.

103. 극통(劇痛): 몹시 심한 아픔. 또는 뼈에 사무치게 맺힌 고통.

104. 동변(童便): 12세 이하 사내아이의 오줌. 한방에서 해열과 진정 효과가 있다고 여겨 약으로 사용.

105. 귤병: 설탕이나 꿀을 넣고 졸인 귤 정과. 달콤하고 향긋하여 기운을 북돋우는 데 사용.

106. 창황분주(蒼黃奔走): 마음이 너무 급하여 이리저리 바쁘고 수선스러움.

107. 유리옥(羑里獄): 중국 고대 은나라 유리 지역의 감옥. 주나라 문왕이 7년간 갇혀 있으면서 《주역》의 괘사를 연구하고 해석을 붙인 곳으로 전해진다.

108. 철옹성(鐵甕城): 쇠항아리처럼 견고한 감옥. 한나라 중랑장(관직명) 소무가 흉노에 사신으로 갔다가 19년간 억류되었으나 끝내 절개를 지키고 고국으로 돌아온 고사에서 유래.

109. 칼머리: 형구(刑具)인 칼에서 사람의 머리가 드나드는 구멍이 있는 끝부분.

110. 편작(扁鵲): 중국 고대 전국시대의 명의. 성은 진(秦). 이름은 월인(越人). 환자의 오장을 투시하는 경지에 이르렀다고 전해지는 신의(神醫).

111. 육진(六鎭): 함경북도 북쪽을 개척하여 설치한 여섯 진(鎭). 경원, 경흥, 부령, 온성, 종성, 회령의 진을 이르며, 여기서 나는 긴 삼베가 유명했다.

112. 명산대천(名山大川): 이름난 산과 큰 강.

113. 화서몽(華胥夢): 중국 황제가 '화서씨'라는 이상향의 나라를 꿈에서 유람하며 깨달음을 얻었다는 고사. 이상향의 즐거운 꿈을 비유.

114. 칠원몽(漆園夢): 장자가 칠원에서 나비가 되어 날아다니는 꿈을 꾸었다는 고사. 호접몽(胡蝶夢)이라고도 함. 꿈과 현실의 경계가 모호함, 또는 덧없는 인생을 비유.

115. 남양초당 큰 꿈: 중국 남양의 초당(草堂)에서 제갈량이 낮잠을 자며 천하를 경영하는 꿈을 꾸었다는 고사. 큰 뜻을 품은 사람의 꿈을 비유.

116. 판수(判數): 점복과 해몽을 업으로 하던 시각장애인을 가리키는 조선시대 직업 명칭. 명통시(明通寺) 등에 소속되어 사회적 역할을 수행했다.

117. 패두(牌頭): 형벌 집행 관속의 우두머리.

118. 복상칠촌(服上七寸): 상복을 입어야 할 7촌 관계. 허봉사가 '아주머니-동네 이서방-팔촌 형-외손녀' 등 황당한 촌수 계산으로 억지로 만들어낸 엉터리 친척 관계.

119. 산통(算筒): 산가지를 넣은 통. 점을 칠 때 산가지를 꺼내 괘를 뽑음.

120. 천하언재(天何言哉)아 고지즉응(叩之則應)하시나니 신기영의(神其靈矣)여 시든 감이수통(感而遂通)하소서: 하늘은 말없이 만물을 주관하시고, 간절히 두드리면 곧 응답하시나니, 신령께서는 그 영험함을 보이시어, 감응하여 마침내 통하게 하소서.

121. 복희(伏羲), 소강절(邵康節), 주소공(周召公), 곽박(郭璞), 이순풍(李淳風), 제갈공명(諸葛孔明), 홍계관(洪繼寬): 점술과 역학에 뛰어난 고대 성현들. 점을 칠 때 이들의 영험을 빌음.

122. 유종원(柳宗元), 백낙천(白樂天), 두자미(杜子美): 중국 당나라의 대표 문인들. 유종원은 산문의 대가로 당송팔대가 중 한 명. 백낙천은 백거이의 자(字)로 평이하고 서정적인 시로 유명. 두자미는 두보의 자로, 시성(詩聖)으로 불리며 사실주의적 시풍의 대가.

123. 격양가(擊壤歌): 풍년이 들어 농부가 태평한 세월을 즐기는 노래. 중국의 요임금 때에, 태평한 생활을 즐거워하여 불렀다고 한다.

124. 태평과(太平科): 나라에 경사가 있을 때 특별히 실시하던 과거.

125. 강구문동요(江口聞童謠): '강 어귀에서 아이들 노래를 듣노라'는 뜻의 과거 시험 시제(詩題). 중국 고대 요임금 시절 백성들이 격양가를 부르거나 아이들이 임금의 공덕을 찬양하며 노래한 고사에서 유래. 태평성대의 평화로운 풍경을 시로 표현하라는 주제다.

126. 옥계(玉階): 임금이 계신 곳. 궁궐의 계단. 임금 앞을 의미.

127. 옥홀(玉笏): 조선시대 관원이 임금을 알현할 때 손에 들던 얇고 긴 판으로, 옥으로 만든 것. 신분과 품계를 나타내는 의례용 도구.

128. 홍패(紅牌): 붉은 합격증. 급제자에게 주는 증서.

129. 선달(先達): 과거에 급제한 사람을 높여 부르는 말.

130. 진퇴(進退): 나아가고 물러남. 예를 갖추어 인사를 올림.

131. 신래(新來): 새로 관직에 나아간 사람이 상관에게 인사하는 의식. 여기서는 장원급제한 이몽룡이 각처를 돌며 예를 올리는 것을 의미한다.

132. 숙배(肅拜): 공손히 절함. 임금께 올리는 정중한 절.

133. 질고(疾苦): 질병과 고통. 백성들이 겪는 어려움과 괴로움.

134. 우락(憂樂): 근심과 즐거움. 백성의 고통과 기쁨.

135. 성상(聖上): 살아 있는 자기 나라의 임금을 높여 이르는 말.

136. 삼남(三南): 조선시대 충청도(충남), 전라도(호남), 경상도(영남)를 통칭하는 말.

137. 도어사(都御使): 어사의 우두머리. 여기서는 암행어사를 의미. 임금의 명을 받아 지방을 순찰하며 수령을 감찰하는 비밀 특사.

138. 고두리뼈: 넓적다리뼈 머리 부분(대퇴골두). 여기서는 허리춤을 의미.

139. 역졸(驛卒): 역참에서 일하는 하인. 암행어사를 돕는 수행원.

140. 파립(破笠): 해어지거나 찢어져 못 쓰게 된 갓.

141. 편자(片子): 망건 앞쪽에 대는 딱딱한 천 조각. 망건을 고정하고 모양을 잡아주는 부분.

142. 관자(貫子): 망건 옆에 다는 장식.

143. 돌통대: 흙이나 나무로 만든 담뱃대.

144. 진개역: 공주시 유구읍 일대에 위치한 역참. 조선 시대에는 전국에 약 500여 개의 역참이 있었으며, 공문서 전달, 관리 숙식 제공, 역마 관리 등의 역할을 수행하였다.

145. 따비: 풀뿌리를 뽑거나 밭을 가는 데 쓰는 농기구. 쟁기보다 작고 보습이 좁음. 청동기 시대부터 사용된 고대 농기구.

146. 미전목포(米錢木布): 쌀, 돈, 목화, 베. 백성들의 재산 또는 세금 품목을 통칭.

147. 쇠스랑: 곡식단이나 풀을 들어 올리는 데 쓰는 쇠 농기구.

148. 산유화(山有花): 충청도와 전라도 지역에서 모내기나 김매기 때 부르던 노동요. 충남 부여의 「산유화가」는 국가무형유산으로 지정되어 있다.

149. 소리: 노래를 부르는 것. 판소리나 민요를 가리키는 말.

150. 빈부고락(貧富苦樂): 가난함과 부유함, 괴로움과 즐거움. 인생의 희로애락.

151. 청울치: 칡덩굴의 속껍질. 베를 짤 수도 있고 노를 만드는 재료로도 쓴다.

152. 향당(鄕黨): 시골 마을. 향리.

153. 송백(松栢): 소나무와 잣나무. 절개와 지조를 상징.

154. 복수(卜數): 토지세 계산 단위. 복은 짐(負), 수는 뭇(束)을 의미. 세금 장부의
     수치. 점술(卜數)과 한자는 같으나 여기서는 세금 계산을 뜻한다.

155. 결(結), 짐, 뭇: 결은 토지 면적 단위이며, 1결은 약 100마지기(약 1만 평). 짐과
     뭇은 곡식의 단위이며, 1짐은 약 8말. 1뭇은 약 8되.

156. 내입(內入): 세금이나 물품이 관청 창고로 들어오는 것. 수입(收入)을 뜻한다.

157. 탕기(湯器): 국이나 찌개, 혹은 약이나 죽을 담는 작은 그릇. 모양이 주발과
     비슷하다.

158. 기박(奇薄)하다: 팔자나 운수 따위가 사납고 가련하다는 뜻.

159. 액화(厄禍): 모질고 나쁜 운수로 인해 닥치는 재앙이나 고난.

160. 김권롱(金勸農): 권농관(勸農官)을 비유적으로 부르는 말. 권농관은 농사를
     권장하고 환곡 징수 등을 담당하던 지방 관리.

161. 현순(懸鶉): '메추라기 꽁지처럼 매달려 있다'는 뜻. 옷이 헐어 누더기가 된 모
     습. 옷이 헐어 누더기가 된 모습.《순자》「자도」편에 나오는 '현순백결(懸鶉百
     結)'에서 유래. 가난한 선비의 남루한 차림새를 비유.

162. 백결선생(百結先生): 신라 자비왕 때 거문고 명인. 가난하여 옷을 백 번 기워
     입어 '백결'이라 불림. 안빈낙도한 인물의 상징.

163. 상전벽해(桑田碧海): 뽕나무밭이 변하여 푸른 바다가 된다는 뜻으로, 세상일
     의 변천이 심함을 비유적으로 이르는 말.

164. 소부(巢父), 허유(許由): 중국 고대 요임금 시절의 은자. 요임금이 천하를 맡
     기려 하자 허유가 거절하고 영천수에 귀를 씻었고, 소부는 그 물이 더럽다며 소
     에게 물을 먹이지 않았다는 고사. 속세를 떠난 청빈한 선비의 상징.

165. 유령(劉伶): 중국 위·진 시대 죽림칠현의 한 사람. 술을 극도로 좋아하여 항상 술병을 차고 다녔으며, 속세를 벗어난 풍류 생활로 유명하다.

166. 백이(伯夷), 숙제(叔齊): 주나라 무왕이 은나라를 치는 것을 반대하며 수양산에 들어가 고사리를 캐 먹다 굶어 죽은 형제. 충절과 절개의 상징.

167. 아황(娥皇), 여영(女英): 요임금의 두 딸이자 순임금의 두 아내. 순임금이 죽자 소상강에 몸을 던져 죽었고, 그 피눈물이 대나무에 맺혀 '소상반죽'이 되었다는 전설. 지극한 사랑과 정절의 상징.

168. 상산사호(商山四皓): 진나라 말기 상산에 은거한 네 명의 백발 노인(동원공, 기리계, 하황공, 녹리선생). 속세를 초탈한 고결한 현인의 상징.

169. 마고선녀(麻姑仙女): 도교 신화의 여선. 동진(東晉) 갈홍의 《신선전》에 등장하며, 동해가 세 번 뽕밭으로 변하는 것을 보았다는 '상전벽해(桑田碧海)' 고사의 주인공. 긴 손톱으로 가려운 곳을 긁어준다는 '마고소양(麻姑搔痒)'으로도 유명하며, 고전 소설에서는 위기에 처한 주인공을 돕는 신비로운 조력자.

170. 숙낭자(宿娘子): 하늘에서 죄를 짓고 인간 세상으로 유배 온 적강(謫降) 선녀의 전형적 이름으로, 고전 소설 《숙향전》의 주인공 숙향을 가리킴.

171. 함롱(函籠): 옷을 넣는, 큰 함처럼 생긴 농.

172. 구름차일: 구름 무늬를 넣은 차일. 행사장 위를 덮는 천.

173. 면단석(綿緞席): 무명과 비단으로 만든 방석.

174. 만화방석(滿花方席): 여러 가지 꽃무늬를 놓아서 짠 네모난 방석.

175. 초방석(草方席): 풀이나 왕골로 짠 네모난 방석.

176. 사롱촛대(四籠燭臺): 네 개의 초롱이 달린 촛대. 초롱은 종이나 천, 뿔 등을 씌운 전통 등으로, 은은한 빛을 낸다.

177. 양각등(羊角燈): 양의 뿔을 고아 만든 투명하고 얇은 껍질을 씌운 등. 은은한 빛을 내는 고급 조명 기구.

178. 곁들이: 곁에 놓아두는 작은 기물이나 도구들. 여기서는 잔치에 필요한 각종 부속 기물들을 의미.

179. 입춤: 손을 사용하지 않고 발동작만으로 추는 기생춤.

180. 영장(營將): 조선시대 각 진영(鎭營)의 군사를 지휘하고 훈련시키던 정3품 무관.

181. 지국총 지국총: 노를 저을 때 나는 '찌걱찌걱' 소리를 한자의 음을 빌려 표현한 말. 조선 시대 윤선도의 「어부사시사」에서 유래한 후렴구로, 어촌의 평화로운 풍경과 노 젓는 소리를 생생하게 묘사한 의성어이다.

182. 삼태성(三台星): 큰곰자리의 별. 상태성, 중태성, 하태성으로 이루어져 있으며, 민간에서 인간의 생사화복과 시간을 관장한다고 믿어 온 신령한 별이다.

183. 채사(綵使): 비단 옷 입은 사자(使者). 신령의 명령을 전하는 전령.

184. 평반(平盤): 상다리가 아예 없거나, 있더라도 매우 낮아서 거의 쟁반에 가까운 형태의 상.

185. 인사불상(人事不祥): 사람으로서 세 가지 부실한 일. 곧, 어리면서 어른을 섬기지 않고, 천하면서 지체 높은 이를 무시하며, 변변하지 못하면서 어진 사람을 우러러보지 않는 것을 이른다.

186. 지필묵(紙筆墨): 종이, 붓, 먹을 아울러 이르는 말.

187. 삼반관속(三班官屬): 지방 각 부군(府郡)에 속한 향리, 장교, 관노, 사령을 통틀어 이르는 말. 중국에서 지방 관아에 탐색을 맡은 쾌반(快班), 수포(搜捕)를 맡은 장반(壯班), 간옥(看獄)과 고장(拷杖)을 맡은 조반(早班)의 삼반을 두었던 데서 유래.

188. 장계(狀啓): 왕명을 받고 지방에 나가 있는 신하가 자기 관하(管下)의 중요한 일을 왕에게 보고하던 일. 또는 그런 문서.

189. 압령(押領): 죄인을 맡아서 데리고 옴.

190. 기한(期限): 미리 한정하여 놓은 시기. 또는 약속한 날짜.

191. 죽백(竹帛): 서적(書籍) 특히, 역사를 기록한 책. 종이가 발명되기 전에 대쪽이나 헝겊에 글을 써서 기록한 데서 생긴 말.

192. 굴원(屈原): 초나라 충신이자 시인. 모함으로 유배당한 후 나라의 멸망을 비통해하며 호남성의 멱라수(汨羅水)에 투신. 충절의 상징.

193. 가슴대: 여인의 가슴을 가리는 속옷.

194. 승두선(勝頭扇): 머리 장식용 부채.

195. 이궁전(泥宮扇): 진흙을 바른 부채.

196. 밀회 갓끈: 정교한 무늬를 그린 갓끈.

197. 산호 격자: 산호 구슬로 만든 장식.

198. 탕관(湯罐): 국을 끓이거나 약을 달이는 자그마한 그릇.

199. 금석(金石): 쇠붙이와 돌. 매우 단단하고 변하지 않는 것을 비유하여 굳건한 절개나 변치 않는 마음을 상징하는 표현.

200. 가자(加資): 임금이 신하의 공로를 인정하여 정해진 승진 한도를 넘어 품계를 높여 주던 일. '자(資)'는 관리의 품계(계급)를 뜻한다.

해외에
『춘향전』을
알리는 이유

K-헤리티지 프로젝트 | K-HERITAGE PROJECT
여덟 문장 | 8 Sentence

2026년 영어/스웨덴어판 출간 예정
- 서민이 만든 문학, 세계문학이 되다 -

✝이 프로젝트를 응원해주세요
여러분의 후원은 단순한 기부가 아닙니다.
300년을 이어온 이야기를, 다음 300년으로 전하는 참여입니다.
한국 문학이 세계 독자를 만나는 역사적 순간에 함께해주세요.

후원 계좌 | IBK 기업은행 466-072784-04-012
(예금주 : 여덟 문장)

한국의 《춘향》에서 세계의 《춘향》으로

Why Chunhyangjeon Matters Beyond Korea

> 300년이 넘는 시간 동안,
> 이 이야기는 글 속에만 머물러 있지 않았다.
>
> 조선의 장터와 주막, 마을 어귀에서 북 장단에 실려 사람들의
> 입에서 입으로 전해졌다.
>
> 글을 모르는 이도, 글을 아는 이도
> 함께 웃고 분노하며 같은 순간에 숨을 고른 이야기
>
> 《춘향전》은 그렇게 태어났고, 그렇게 살아남았다.
> 이제 이 이야기는 또 다른 언어의 문을 두드린다.

서민이 만든 서사, 인간의 존엄을 말하다

한국 고전문학의 첫 번째 세계화 대상으로 《춘향전》을 선택한 이유는 분명하다. 이 작품은 양반 사대부의 문학이 아니라, 서민이 만들고 대중이 키운 이야기이기 때문이다. 한문으로 기록된 권위의 언어가 아닌, 판소리라는 구술의 언어로 빚어진 서사.

　《춘향전》은 한국 스토리텔링의 원형이자, 오늘날 K-콘텐츠를 관통하는 핵심 정서의 근원이라 할 수 있다.

한 사람이 아닌, 수백 년이 쓴 이야기

《춘향전》에는 단일한 저자가 없다. 이 작품은 수많은 판소리 광대와 필사자, 그리고 대중이 함께 완성한 서사다. 어떤 대목은 환호 속에서 길어졌고, 어떤 장면은 침묵 속에서 사라졌다. 현존하는 백여 종의 판본은 오류가 아니라, 살아 있는 변화의 흔적이다. 《호메로스》의 서사가 그리스 구전 전통의 결정체라면, 《춘향전》은 조선 민중의 집단적 상상력이 도달한 하나의 정점이다. 이 책은 공동체의 기억이 만들어낸 문학의 가치를 세계에 알리고자 한다.

신분 질서에 대한 거부, 권력에 맞선 저항, 그리고 여성 주체의 서사

주인공 춘향은 기생의 딸이자, 조선 사회의 가장 약한 위치에 놓인 인물이다. 그러나 그녀는 사랑을 선택했고, 권력자의 부당한 명령을 거부했으며, 인간의 존엄을 스스로 지켜냈다. 《춘향전》의 핵심은 한 인간이 자신의 존엄을 쟁취해가는 여정이다. 문학이 인간에게 던져온 가장 오래된 질문, 어디까지가 권력이고, 어디서부터가 인간인가. 《춘향전》은 이 질문을 서민의 목소리로, 한 여성의 결단으로 묻는다.

우리는 그들을 읽어왔다, 그러나 그들은 우리를 몰랐다

우리는 셰익스피어를 읽고, 괴테를 배우며 자랐다. 그러나 세계의 독자들은 《춘향전》을 알지 못했다. 이제는 우리의 가치를 우리가 직접 말해야 할 시간이다. 《춘향전》은 신분을 넘어선 사랑, 부패한 권력의 폭력, 약속을 지키기 위한 귀환이라는 보편적 서사를 품고 있다. 이야기의 골격은 낯설지 않지만, 감정의 결은 분명히 다르다. 바로 그 차이가 세계문학을 더욱 풍요롭게 만든다.

번역은 옮김이 아니라, 다시 태어남이다

이 번역은 단순한 언어의 전환이 아니다. 고전 한국어를 현대 한국어로, 그리고 다시 영어와 스웨덴어의 단어와 리듬으로 옮기는 위대한 작업이다. 완벽한 번역은 없을지 모른다. 그러나 정직한 번역은 가능하다고 믿는다. 원문의 정신을 배반하지 않으면서, 새로운 언어 안에서 살아 숨 쉬게 하는 것. 이 책은 그 가능성을 향해 내딛는 첫걸음이다.

다시, 집단 창작으로

2026년, K-고전문학의 첫 해외 출간을 목표로 진행되는 글로벌 번역 프로젝트 역시 번역가, 삽화가, 캘리그래피 작가, 편집자, 디자이너, 그리고 독자들의 손을 거쳐 또 하나의 집단 창작으로 완성되고 있다. 《춘향전》은 이미 오래전부터 세계문학이었다. 다만, 아직 세계가 그것을 읽지 않았을 뿐이다. 이 책이 그 첫 만남이 되기를 바란다.

　　그리고 이 프로젝트를 응원하고 후원하는 모든 분들과 함께, 우리는 또 하나의 세계문학을 만들어간다. 한국의 목소리를 세계에 전하는 이 여정에, 당신을 초대한다.

2026년 1월 초판을 발행하며
여덟문장 편집부

현대역 | 이성희

성균관대학교 유학대학원 동양철학과를 중퇴하였다. 학부에서 국어국문학과 중어중문학을 전공하면서 고전문학연구회 활동을 통해 고전소설을 연구했고, 중국 현대 시집을 번역했다. 홍콩 CH[V] 음악방송을 시작으로, 제29회 MBC 전주대사습놀이 전국대회를 비롯한 공연, 예능, 교양, 시트콤, 드라마, 애니메이션 등 다양한 장르에서 방송작가로 20여 편의 작품에 참여했다.

춘향전
모노 에디션

이 책은 프랑스 파리 INALCO 소장 『경판 30장본 춘향전』을 바탕으로 한 번역/편집 저작물입니다.

초판 1쇄 발행 | 2026년 1월 28일
지은이 | 작자 미상
수묵 일러스트 | 조경희
타이틀 캘리그래피 | 전은선
펴낸이 | 이성희
펴낸곳 | 여덟 문장 (8 Sentence): Korean Publishing Company ^(Since 2025)
연락처 | +82 507-1394-8064
전자우편 | 8sentence.official@gmail.com
홈페이지 | https://www.8sentence.com
ISBN 979-11-993356-0-8 (03810)

ⓒ 2026 여덟문장. All rights reserved.
이 책의 내용과 디자인은 저작권법에 의해 보호되며,
출판사의 사전 허락 없이 무단으로 전재, 복제, 배포할 수 없습니다.
본 도서의 본문 일부에는 문화체육관광부에서 제공한 서체인
'궁체 흘림체(MGungHeulim)'가 사용되었습니다.